Telyn Egryn

gan Elen Egryn

Golygwyd gan

KATHRYN HUGHES
a
CERIDWEN LLOYD-MORGAN

CLASURON HONNO

Cyhoeddwyd gan Honno
'Ailsa Craig', Heol y Cawl, Dinas Powys
Bro Morgannwg, CF6 4AH

Argraffwyd am y tro cyntaf yn 1850
Ⓗ Honno, 1998
Hawlfraint y rhagymadrodd a'r deunydd atodol:
Ceridwen Lloyd-Morgan a Kathryn Hughes.

ISBN 1 870206 30 4

Cedwir pob hawl.

Cyhoeddwyd gyda chymorth Cyngor Celfyddydau Cymru

Llun y clawr: pont Llanegryn, Meirionnydd,
o gasgliad John Thomas drwy ganiatâd
Llyfrgell Genedlaethol Cymru.

Cysodydd a chynllunydd y clawr: Enfys Jenkins

Argraffwyd gan Y Lolfa, Talybont, Ceredigion.

Cynnwys

Rhagair	v
Rhagymadrodd	vii
Telyn Egryn	1
Nodiadau ar *Telyn Egryn*	49
Atodiad:	55
Cerddi eraill gan Elen Egryn	56
Cerddi gan eraill am Elen Egryn a *Telyn Egryn*	62
Cerddi gan ferched eraill	65

Rhagair

Dyma'r gyfrol gyntaf mewn cyfres o glasuron Cymraeg i'w hailgyhoeddi gan Honno. Y nod yw ailgyflwyno llenyddiaeth Gymraeg gan ferched y gorffennol i ddarllenwyr cyfoes. Y mae llawer o destunau a gyhoeddwyd yn y bedwaredd ganrif ar bymtheg a'r ugeinfed ganrif bellach allan o brint, ac mae'n amhosibl cael gafael arnynt heblaw mewn llyfrgelloedd ymchwil.

Fel merched a Chymry teimlwn ei bod hi'n hynod o bwysig inni ailddarganfod llenyddiaeth y rhai a'n rhagflaenodd, er mwyn cofio, dathlu a mwynhau cyfraniad merched y gorffennol i'n llên ac i'n diwylliant yn gyffredinol. Trwy astudio'n hanes ni trwy eu gwaith, cawn gyfle hefyd i ddeall yn well y prosesau sydd wedi dylanwadu ar ein hanes, hanes sydd yn arwain at ein sefyllfa yn y gymdeithas sydd ohoni heddiw. Gobeithiwn hefyd y bydd y gyfres yn ysgogi merched eraill i ymchwilio ymhellach yn y maes.

Nid ailgyhoeddi testunau moel y byddwn, fodd bynnag, ond eu cyflwyno o'r newydd, gan geisio egluro peth o hanes eu hawduron a'u cyfnod, er mwyn deall cyd-destun eu cyfansoddi a'u cyhoeddi am y tro cyntaf.

Yn y gyfrol hon cyflwynwn y llyfr cyntaf o lenyddiaeth gan ferch a gyhoeddwyd yn y Gymraeg, sef *Telyn Egryn* (1850) gan Elin Evans o Lanegryn, Meirionnydd, ynghyd â cherddi eraill gan yr un awdur a detholiad o farddoniaeth gan ferched eraill o'r un cyfnod.

Kathryn Hughes
Ceridwen Lloyd-Morgan

Rhagymadrodd

Bu'r flwyddyn 1850 yn un hynod o bwysig yn hanes merched Cymru. Lansiwyd y cylchgrawn cyntaf i ferched yn y Gymraeg, sef *Y Gymraes*, a chyhoeddwyd y gyfrol brintiedig gyntaf o waith llenyddol gan ferch, sef *Telyn Egryn* gan Elen Egryn. O'u cymharu â'u chwiorydd mewn gwledydd eraill, yn hwyrfrydig iawn y daeth merched Cymru i gyhoeddi eu gwaith. Yn Lloegr a Ffrainc, er enghraifft, yr oedd llenyddiaeth gan ferched wedi ymddangos mewn print erbyn yr ail ganrif ar bymtheg. Yn yr iaith fain, gellid cyfeirio at farddoniaeth Katherine Philips (1632-64), neu'r 'Matchless Orinda' fel y'i gelwir, Saesnes o fardd a briododd Gymro. Cyhoeddwyd rhai o'i cherddi mewn cyfrolau gan feirdd eraill yn 1651, a chasgliad o'i gwaith yn 1664. Tua'r un cyfnod y bu'r nofelydd a'r dramodydd Aphra Behn (1640-89) yn llenydda; hi oedd awdur *Oronooko*, un o'r nofelau cyntaf yn Saesneg, a gyhoeddwyd yn 1688. Dros y dŵr yn Ffrainc, yn 1678 y cyhoeddwyd *La Princesse de Clèves* gan Marie-Madeleine de Lafayette (1634-93), nofel ddylanwadol a dorrodd dir newydd.

Efallai nad yw'r gymhariaeth hon yn deg, fodd bynnag. O ran cyhoeddi ac argraffu llenyddiaeth rhaid cofio, wrth gwrs, fod y Gymraeg yn gyffredinol dan anfanteision arbennig. Brenin Lloegr a roddai drwydded i argraffu, a sicrhawyd monopoli ar y diwydiant gan argraffwyr dros Glawdd Offa. Tan 1660 cyfyngwyd y diwydiant argraffu i Lundain, Caergrawnt a Rhydychen, a bu'n rhaid aros tan 1718 cyn gweld sefydlu'r argraffwasg gyfreithlon gyntaf yng Nghymru. Felly, er bod llyfrau Cymraeg wedi eu hargraffu er 1546, y tu allan i Gymru, yn Lloegr neu hyd yn oed ar y Cyfandir, yr argraffwyd y rhai cynharaf, ar wahân i gyhoeddiadau anghyfreithlon, *samizdat* carfannau crefyddol, fel y rhai a argraffwyd yn ddirgel mewn ogof yn Rhiwledyn ger Llandudno yn 1586/7. Pan nad oedd y gwaith yn ddadleuol, yr oedd yn rhaid i'r Cymry wynebu costau ychwanegol wrth deithio dros y ffin i wneud trefniadau gydag argraffydd, ac y mae'n hawdd dychmygu'r problemau – a'r costau ychwanegol – a godai pan nad oedd yr argraffwyr yn deall iaith y testun.

Yn gymharol araf, felly, y datblygodd yr arfer o gyhoeddi mewn print yn y Gymraeg, ac am ganrifoedd daliai'r Cymry i ddibynnu i raddau helaeth iawn ar lawysgrifau er mwyn cofnodi, diogelu a chylchredeg testunau llenyddol. Ond yma eto yr oedd merched dan anfantais ychwanegol. Er i nifer o ferched, o'r Oesoedd Canol ymlaen, ddisgleirio fel beirdd, y mae pob tystiolaeth yn awgrymu fod ganddynt lai o gyfle na'r dynion i gael eu gwaith wedi ei roi ar glawr. Er bod cyfansoddi a thraddodi ar lafar yn ganolog i weithgaredd farddonol y ddwy ryw, y mae lle i gredu fod yna fwy o oedi yn achos merched cyn y cofnodwyd eu gwaith. Mae'n drawiadol cynifer o gerddi Gwerful Mechain, bardd amryddawn a ffynnai tua diwedd y bymthegfed ganrif, sydd wedi eu cadw mewn llawysgrifau hwyr yn unig. Prin iawn yw'r copïau o'i gwaith a gynhyrchwyd o fewn hanner canrif i'w hoes, ac mewn llawysgrifau diweddarach yn unig y cadwyd llawer iawn o'i cherddi.

Unwaith y dechreuodd argraffu yn y Gymraeg ddod yn fwy cyffredin, sef erbyn tua ail hanner y ddeunawfed ganrif, gwelir bwlch yn agor eto rhwng cyfleoedd dynion a rhai merched. Nid yw gwaith yr un ferch o fardd yn ymddangos yn y casgliadau cynnar o farddoniaeth, megis *Gorchestion Beirdd Cymru* a ymddangosodd yn 1773 dan olygyddiaeth Rhys Jones, er bod un ferch – y bardd a'r copïydd Marged Dafydd neu Margaret Davies o'r Coedcae-du ger Trawsfynydd – yn un o'r tanysgrifwyr. Ac fel y cawn weld yn y man, ni chafodd Elen Egryn ei hun le yn y

Rhagymadrodd

flodeugerdd gynhwysfawr *Ceinion Awen y Cymry* (1831) a olygwyd gan Thomas Lloyd Jones.

Eto i gyd, erbyn hanner cyntaf y bedwaredd ganrif ar bymtheg yr oedd cerddi gan ferched yn dechrau ymddangos mewn print, sef mewn pamffledi bychain ac mewn cylchgronau. Canu crefyddol a geir yn y pamffledi fel arfer, yn deillio o weithgaredd merch yn ei bro ei hun. Fe'u cyhoeddwyd yn bennaf ar gyfer y gymdeithas leol neu at ddefnydd yr Ysgol Sul neu gyfarfodydd defosiynol eraill yn gysylltiedig â chapel neu gylch arbennig. Llyfrynnau bach wedi eu hargraffu ar un ddalen o bapur oedd y rhain, a'r papur wedi ei blygu i wneud hyd at wyth tudalen neu un ar bymtheg. Yr oedd y dull hwn o gyhoeddi'n gyffredin iawn yng Nghymru yn y ddeunawfed a'r bedwaredd ganrif ar bymtheg, a hynny ar gyfer pob math o destunau, o faledi a phregethau i gynghorion meddygol. Fe'u gwerthwyd heb rwymiad, ond weithiau byddai perchennog casgliad bach o bamffledi yn trefnu i'w rhwymo fel cyfrol amryw. Ymhlith yr enghreifftiau cynharaf o bamffledi o'r math hwn gan ferched gellir enwi marwnadau megis *Ychydig eiriau ar ddull marwnad i Mr David Morris Gweinidog yr Efengyl o Blwyf Troed-yr-aur* gan Mary Rowlands (Caerfyrddin, 1792), neu *Ychydig o eirie am farwolaith Emi Jones o Blwyf Llunfrechfa, yn Sir Fynwy* gan Florance Jones (Abertawe, 1800); casgliadau bychain o emynau, fel *Hymnau newyddion, ar destunau efengylaidd* gan Jane Roberts (Caernarfon, [?c. 1820]), a thestunau'n trafod diwinyddiaeth, e.e. *Can o annerch i'r ddwy blaid, sydd yn ymddadlu ynghylch deiliaid bedydd, ynghyd â'r dull o fedyddio* gan Catherine Dafydd (Caerfyrddin, [?1791]).

Cylchrediad cyfyng iawn oedd i'r pamffledi hyn, a brynwyd yn bennaf o fewn yr ardal lle yr oedd yr awdur yn byw, neu gan aelodau'r un capel neu ysgol Sul, rhywbeth yn debyg i gylchrediad papur bro heddiw, efallai. O ran ei diwyg a'i gwerthiant, felly, yr oedd *Telyn Egryn* yn torri tir newydd. Am y tro cyntaf yn hanes cyhoeddi gwaith merch mewn print, cafwyd cyfrol yng ngwir ystyr y gair, sef un wedi ei ffurfio o nifer o blygiadau papur, ac y mae'r copïau sydd wedi goroesi fel arfer wedi eu rhwymo'n ofalus gan eu perchnogion. (Yr arfer yn y cyfnod hwn, yn Lloegr yn ogystal â Chymru, oedd gwerthu llyfrau heb eu rhwymo mewn clawr caled, gan adael i'r prynwr ddewis y rhwymiad.) Bwriedid *Telyn Egryn* hefyd ar gyfer ei dosbarthu'n genedlaethol, a golygai hynny nid yn unig ei dosbarthu trwy Gymru ond hefyd yn y cymunedau o Gymry alltud a oedd yn tyfu'n gyflym mewn dinasoedd yn Lloegr, yn enwedig Caer, Lerpwl a Manceinion.

Un o'r Cymry alltud hynny oedd Elen Egryn ei hun, merch o ardal wledig yn Sir Feirionnydd a aeth dros y ffin i weithio. Ganed Elin neu Elinor Evans ar 12 Tachwedd 1807, yn ferch i John a Rebecca Evans, Ty'n-y-llan, Llanegryn, plwyf gwledig ym mhen isaf dyffryn Dysynni. Saif y pentref tua phum milltir i'r gogledd-ddwyrain o Dywyn. Cofnodwyd tipyn o hanes y teulu gan hanesydd lleol, William Davies, yn *Hanes Plwyf Llanegryn* (Lerpwl, 1948), ac er nad oedd ganddo, yn anffodus, lawer i ddweud am y fam, llwyddodd i gasglu nifer o draddodiadau annisgwyl am y tad.

Dywedir i John Evans gael ei eni yn ardal Dolgellau ac mae'n debyg iddo gael addysg well na'r cyffredin, o bosibl yn Amwythig. Yn ôl y traddodiad, ef oedd un o sefydlwyr a hyfforddwyr Gwirfoddolwyr Cader Idris – math o warchodlu lleol, mae'n debyg – yn ystod y rhyfeloedd gyda Napoleon. Ond yn saith ar hugain oed daeth John Evans i Lanegryn i fyw, a bu'n is-athro yn yr ysgol yno am gyfnod cyn cael ei ddyrchafu'n brifathro. Fe'i

Rhagymadrodd

ddisgrifir fel 'schoolmaster' ar gyfrifiad 1841, pan oedd tua phump a thrigain oed. Aeth nifer o'i gynddisgyblion ymlaen i'r weinidogaeth, ac y mae'n amlwg iddo fod yn llwyddiant mawr yn ei swydd, ond nid athro confensiynol mohono. Rhoddai bwyslais anghyffredin ar ddysgu ei ddisgyblion i ddarllen Cymraeg, ac yn y gaeaf dysgai gwrs morwriaeth i fechgyn o'r plwyf a thu hwnt; nid yw Llanegryn ond ryw dair milltir o'r môr, fel yr hêd y frân. Mae gennym enghreifftiau eraill, wrth gwrs, o athrawon ysgol yn cynnal dosbarth morwriaeth yn ystod misoedd y gaeaf pan oedd llai o gyfle i fynd i forio, fel arfer mewn plwyfi glanmôr, ac ymhlith yr enwocaf yr oedd dosbarth Cranogwen (Sarah Jane Rees, 1839-1916) yn Llangrannog.

Mae straeon eraill am John Evans yn dangos nad oedd yn gymeriad sych, parchus ac anniddorol; i'r gwrthwyneb, yr oedd agweddau go liwgar i'w gymeriad. Fel y noda William Davies:

> Aeth y gred drwy'r wlad fod John Evans yn gyfarwydd yn nirgelion dewiniaeth. Y mae'n berffaith wybyddus iddo ef ei hun achlesu'r gyfryw grediniaeth, a chaniat[a]odd i'r bobl gredu ei fod yn wr "cyfarwydd", ac yn ddehonglwr cyfrinion ynglyn â bywyd pobl y fro. Ffynnai pob math o ofergoelaeth yn y plwyf ac yn Nyffryn Dysynni yn ystod y rhan gyntaf o'r ganrif ddiwethaf.
> (*Hanes Plwyf Llanegryn*, tt. 193-4)

Awgryma'r sylwadau hyn fod tad Elen Egryn yn cael ei gyfrif yn ddyn hysbys o ryw fath, un a allai 'dynnu rhaib' oddi ar anifeiliaid a phobl, efallai, neu a allai ragweld digwyddiadau a chynghori pobl. Os cafodd addysg well na'r rhan fwyaf o'i gymdogion, ac efallai os oedd yn berchen ar nifer o lyfrau, mae'n bosibl fod hynny wedi helpu i greu delwedd o ddyn â galluoedd rhyfeddol a deallwriaeth anghyffredin o'r byd o'i gwmpas. Ond os ystyrid bod dewiniaeth yn rhemp ar yr aelwyd ac yn y fro yn gyffredinol, yr oedd barddoni hefyd yn grefft a ffynnai yno. Yn ôl William

Davies eto, 'hyfforddai [John Evans] ei blant yn llên ei genedl ar ei aelwyd ei hun, dysgai hwynt i ganu a barddoni hyd yn oed o'u plentyndod' (t. 196). Y tu allan i'w cartref hefyd yr oedd mydryddu'n rhan o'u bywyd beunyddiol:

> Dywedir bod y ddawn i rigymu yn naturiol yn nodwedd gyffredin i dalent yr ardal; arferai hen wragedd y pentref ffraeo â'i gilydd yn rhugl mewn rhigymau, a byddai rhigymu yn rhan hanfodol o ddonioldeb a difyrrwch y Noson Lawen a gynhelid yn nhyddynod y plwyf.
> (*Hanes Plwyf Llanegryn*, t. 185)

Os oes sail i'r traddodiadau hyn, hawdd deall sut y cafodd Elen Egryn ei phrentisiaeth gyntaf fel bardd. Mae'n arbennig o ddiddorol sylwi fod y gwragedd yn ogystal â'r dynion yn 'rhigymu' yn hollol naturiol a rhwydd, sydd yn awgrymu na fyddai neb o bobl Llanegryn yn synnu bod merch ifanc yn ymddiddori mewn barddoniaeth ac yn awyddus i ddysgu'r grefft. Mae'n debyg na fyddai Elen hithau yn ystyried ei hun yn anarferol felly, ac na wynebai unrhyw rwystr. Yn sicr, mi lwyddodd i gael hyfforddiant mwy ffurfiol gyda'r bardd Gwilym Cawrdaf (William Ellis Jones, 1795-1848), oherwydd mae un o'i cherddi cyhoeddiedig, 'I gydnabod y bardd G. Cawrdaf am hyfforddiad' (*Telyn Egryn*, t. 9), yn diolch iddo am y gwersi a gafodd ganddo. Er mai brodor o Abererch, ger Pwllheli, oedd y bardd hwn, roedd ganddo gysylltiad agos â Sir Feirionnydd gan mai yn Nolgellau gyda Richard Jones y bwriodd ei brentisiaeth fel argraffydd. Bu'n teithio ar gyfandir Ewrop o 1817 tan 1819, pan oedd Elen ond yn ei harddegau, ond dychwelodd i Gymru i ailafael yn ei grefft fel argraffydd, ac y mae'n debyg mai yn yr 1820au y bu ef yn athro barddol iddi.

O olrhain hanes ei cherddi unigol, lle mae hynny'n bosibl, mae'n amlwg fod Elen Egryn wedi cyfansoddi nifer o gerddi dros gyfnod o flynyddoedd cyn eu casglu yn *Telyn Egryn*, a gyhoeddwyd pan

Rhagymadrodd

oedd yn dair a deugain oed. Mae'n bosibl mai hi oedd awdur llyfryn bach, *Ychydig o hymnau o waith geneth 13 oed perthynol i Ysgol Sabbothol yr Ymneillduwyr yn Llanegryn*, a argraffwyd gan Richard Jones, Dolgellau, ond heb ddyddiad arno. Ond o gymharu'r pamffledyn hwn, sy'n cynnwys 16 tudalen, gydag enghreifftiau eraill o waith yr un argraffydd, gellir casglu mai tua 1820-25 y'i cyhoeddwyd. Gan fod Elen wedi ei geni ym mis Tachwedd 1807, buasai'n dair ar ddeg oed erbyn diwedd y flwyddyn 1820. Mae'n werth cofio hefyd fod Gwilym Cawrdaf, a fu'n gyfrifol am ran o hyfforddiant barddol Elen Egryn, wedi gweithio yn yr un argraffdy yn Nolgellau, ac yn gefnder i Richard Jones.

Ugain emyn ac un englyn i'r Ysgol Sabothol a geir yn y llyfryn hwn, felly mae'r cynnwys braidd yn wahanol i *Delyn Egryn*, er nad yw cerddi'r naill yn hollol anghydnaws â'r llall chwaith. Ond o gofio'r bwlch o ryw ddeng mlynedd ar hugain rhwng y ddau gasgliad y mae'n amheus y gellid profi'n derfynol mai'r un awdur piau'r ddau gasgliad. Eto i gyd, gan fod yr 'eneth 13 oed' ac Elen Egryn o'r un plwyf, a'r un oed, mae lle i gredu mai Elen Egryn oedd y bardd ifanc. Os na chafodd yr *Ychydig o hymnau* gymaint o sylw â'r *Delyn*, ac os na thynnodd neb sylw at y llyfryn (hyd y gwyddom) pan gyhoeddwyd *Telyn Egryn*, efallai fod Elen Egryn ei hun yn ei ystyried erbyn hynny fel *juvenilia* heb lawer o ddiddordeb i neb. Ac wrth gwrs, fel cynifer o bamffledi bychain eraill gan ferched a ymddangosodd yn negawdau cyntaf y bedwaredd ganrif ar bymtheg, ar gyfer cynulleidfa gyfyng, leol, y cyhoeddwyd yr *Ychydig Hymnau*, tra anelwyd *Telyn Egryn* yn 1850 at y genedl gyfan, cenedl a ymestynai ei ffiniau bellach y tu hwnt i Glawdd Offa, i gymunedau Cymraeg dinasoedd Lloegr.

O droi at gerddi cynnar a gyhoeddwyd dan enw Elen Egryn, casglwyd ambell un yn *Telyn Egryn*. Rhaid bod y gerdd 'Ar

Telyn Egryn

farwolaeth Dafydd Ionawr' wedi ei chyfansoddi tua'r flwyddyn 1827, pan fu farw'r bardd hwnnw, a byddai Elen ond yn ugain oed ar y pryd. Cerdd gynnar arall yw 'Bwthyn fy Nhad' (*Telyn Egryn*, tt. 14-17), a gopïwyd mewn llawysgrif gan Thomas Lloyd Jones ('Gwenffrwd', 1810-34) rywbryd cyn 1831, ac yn y llawysgrif hon casglodd at ei gilydd y cerddi y bwriadai eu cyhoeddi ar ffurf blodeugerdd (bellach llawysgrifau NLW 6076-8C yn Llyfrgell Genedlaethol Cymru). Cyhoeddwyd ei flodeugerdd dan y teitl *Ceinion Awen y Cymry* gan gwmni Gee, Dinbych, yn 1831, ond yn anffodus ni ymddangosodd cerdd Elen yn y gyfrol gyhoeddedig. Beth bynnag oedd y rhesymau am hynny – ac mae'n bosibl na chredai'r golygydd ei bod yn ddigon da, o ystyried ei sylwadau ar ymyl dalen y copi llawysgrif – mae'r ffaith iddo ei chynnwys yn ei gasgliad gwreiddiol yn arwyddocaol. Mae'n profi fod Elen Egryn, a fyddai'n dair ar hugain oed y flwyddyn cyn cyhoeddi *Ceinion Awen y Cymry*, bellach yn adnabyddus fel bardd yn bell y tu hwnt i ffiniau ei bro enedigol, oherwydd dyn o Sir Fflint oedd Thomas Lloyd Jones. Ond erbyn hynny, yr oedd hi eisoes wedi crwydro'n bell oddi cartref.

Ychydig o fanylion pendant sydd gennym am ei blynyddoedd cynnar, ar wahân iddi gael ei haddysg lenyddol gynnar gartref, gan ei thad, fel y gwelsom. Ond mae'n rhaid ei bod hi wedi mynychu ysgol hefyd, yn ôl tystiolaeth y gerdd 'Ar ymadawiad o ysgol Mrs Williams, yn Nolgellau' (*Telyn Egryn*, t. 8). Awgryma'r ddau englyn i Elen fynychu ysgol y wraig hon yn Nolgellau ac iddi eu cyfansoddi ar ddiwedd ei chyfnod fel disgybl yno. Os felly, rhaid fod hon eto'n gerdd gynnar, gan mai yn ei harddegau, mae'n debyg, y byddai hi'n gadael yr ysgol.

Ceir sôn am Elen yn treulio cyfnod yn yr Iwerddon, ond ni chafwyd hyd eto i dystiolaeth a fyddai'n cadarnhau hynny. Dywedir hefyd iddi ddychwelyd wedyn i Lanegryn i gadw ysgol i ferched ifainc mewn tŷ o'r enw Troed-y-rhiw. Rhaid nodi, yn anffodus, mai gwnïo, nid barddoni, oedd prif bwnc y cwricwlwm! Ond yn y man, penderfynodd fynd i Loegr. Fel arfer, prinder arian, mae'n debyg, a arweiniai bobl ifanc Meirion i chwilio am waith dros y ffin, ond mae'r hyn a wyddom am deulu Elen Egryn yn awgrymu nad oeddynt yn arbennig o dlawd yn ôl safonau'r ardal a'r oes honno. O gofio natur gwaith ei thad fel athro ysgol, lefel ei haddysg hithau, a'i gwaith dysgu mewn ysgol lle'r oedd gwnïo yn un o'r prif bynciau, gellir casglu mai i haenau uchaf y dosbarth gweithiol, neu haenau isaf yr hyn y gellid ei alw'n ddosbarth canol, y perthynai'r teulu. Mae'n bosibl felly fod Elen wedi symud i Loegr i sicrhau gwaith ar aelwyd oedd yn gydnaws â safonau ei theulu. Efallai mai natur anturus ac awydd i weld y byd a ysgogodd y ferch ifanc i feddwl am fynd i ffwrdd i weithio, neu efallai fod nifer o'i ffrindiau wedi mynd i Loegr, fel y Miss Meurig o Ddolgellau y canodd i'w hannog i ddychwelyd o wlad y Saeson (*Telyn Egryn*, tt. 8-9). Mae'n debyg hefyd fod un o'i chwiorydd wedi ymsefydlu yn Lerpwl ac yn ôl un traddodiad mynd yno at ei chwaer a wnaeth Elen. Dywed William Davies mai mynd i Lerpwl i weini a wnaeth, ond efallai iddi aros gyda'i chwaer am gyfnod a chael gwaith fel morwyn trwy ei chysylltiadau hithau.

Er bod cân gan Gutyn Ebrill (Griffith Griffiths), 'Ymweliad Elen Egryn â Llynlleifiad', a gyfansoddwyd ym mis Hydref 1849 ac a gyhoeddwyd yn y cylchgrawn *Y Cronicl* ym mis Ionawr 1850 (cyf. viii, tt. 28-9; gweler tt. 62-63 isod), yn awgrymu nad oedd hi'n byw yn Lerpwl erbyn y cyfnod hwnnw, mae'n debyg iddi dreulio cyfnod cymharol hir yno ddeng mlynedd ynghynt. Pa un bynnag, mae rhai o gerddi *Telyn Egryn*, megis 'Anerchiad i'w chydweinidogion' (tt. 30-1), yn awgrymu iddi dreulio cyfnodau gartref yn sâl yn Llanegryn.

Telyn Egryn

Dywed William Davies iddi ymaelodi yng nghapel Gwilym Hiraethog (y Parchedig William Rees) ar ôl symud i Lerpwl, a byddai hynny'n gam naturiol iddi gan mai ef oedd tad-yngnghyfraith ei brawd William (g. 1821) a oedd yn cadw siop yng Nghaer. Ond ni ddaeth Gwilym Hiraethog yn weinidog i'r Tabernacl, capel yr Annibynwyr, tan 1843, ac erbyn hynny yr oedd Elen eisoes yn aelod. Dengys cofrestri'r capel yn glir iddi ymweld â'r Tabernacl am y tro cyntaf ar 4 Mawrth 1840, a chael ei derbyn fel aelod ar 3 Mai yr un flwyddyn (gweler llawysgrif Mân Adnau 305A, Llyfrgell Genedlaethol Cymru). Awgryma hyn nad oedd hi wedi ymsefydlu yn Lerpwl tan 1840. Mae'n bosibl ei bod hi wedi treulio cyfnodau yn Lerpwl cyn hynny, yn gweithio yno am gyfnodau byrion, gan gadw ei haelodaeth yn Llanegryn.

Er nad Gwilym Hiraethog a ddenodd Elen Egryn i'r Tabernacl felly, bu ei chysylltiad ag ef yn allweddol yn ei hanes hi, gan mai ef a'i pherswadiodd i gasglu ei cherddi i'w cyhoeddi mewn cyfrol. Yntau hefyd a olygodd y cerddi ac a gyfrannodd ragair i *Delyn Egryn*. Efallai mai ei syniad ef hefyd oedd cyflwyno'r gyfrol i Arglwyddes Llanofer, yn y gobaith o dderbyn nawdd, fwy na thebyg, ac i hybu'r gwerthiant. Cyfeirir ati yn y cyflwyniad fel 'nawddes alluog Iaith, Barddoniaeth, Llenyddiaeth a Defodau Cenedl y Cymry', heb nodi unrhyw gymorth arbennig at gyhoeddi'r gyfrol, ond mae'n debyg y buasai'r Arglwyddes yn ddigon bodlon i'w henw gael ei gysylltu â menter fel *Telyn Egryn*.

Er na feiddiwn alw Gwilym Hiraethog yn feirniad ffeminist cyn ei amser, y mae ei sylwadau yn y rhagair yn datgelu agwedd llawer mwy iach at y ffenomenon o ferch yn barddoni nag y disgwyliem gan ddyn o'r cyfnod a oedd yn fardd ac yn weinidog parchus. Mae'n werth ei ddyfynnu'n helaeth:

Rhagymadrodd

> Peth pur anghyffredin yng Nghymru ydyw gweled benyw yn anturio i faes llenyddiaeth; ac nid hawdd iawn oedd darbwyllo ofn a gwylder Elen i gydsynio â'r cais i ymddangos yn gyhoeddus fel hyn o flaen ei chydgenedl. Ni phetrusa merched Lloegr ymgystadlu â'r gwŷr am anrhydedd llenyddol, a chydhòni eu hawl i feithrin y dalent awenawl, ac ymddangos yn gyhoeddus trwy y wasg fel awduresau a beirddesau. Credwn nad yw rhïanod Cymru hoff yn ol iddynt mewn galluoedd ac athrylith, ond. iddynt gael addysg a chefnogaeth. Hyderwn y bydd i sain TELYN EGRYN gyffroi ac ennyn nwydau athrylithgar llawer o ferched ein cenedl, ac mae blaenffrwyth o gynhauaf mawr a fydd.
> (*Telyn Egryn*, t. iv)

Sylweddolodd Gwilym Hiraethog, felly, mai diffyg hyder a diffyg hyfforddiant a chefnogaeth (hynny yw, gan ddynion) a rwystrai ferched Cymru rhag datblygu i fod yn feirdd llawn cystal â'r dynion, a rhag rhannu eu gwaith y tu allan i gylch cyfyng, ond diogel, teulu, capel neu fro. Gwelodd hefyd eu bod yn hyn o beth yn wahanol i ferched Lloegr a oedd wedi mynd ati i 'ymgystadlu â'r gwŷr'. Ni nododd, fodd bynnag, fod y rhan fwyaf o'r Saesnesau hynny yn perthyn i ddosbarth mwy breintiedig nag Elen Egryn, a aeth i Lerpwl i weithio. Bywyd cysurus a gafodd Elizabeth Barrett Browning, er enghraifft, a oedd ond blwyddyn yn hŷn nag Elen, a thra bu Elen, mae'n debyg, yn gweini ar eraill, cyflogai Elizabeth Barrett Browning ei morwyn ei hun. Ond anodd yw dychmygu Saesnes o forwyn yn troi'n fardd o statws ac enwogrwydd cenedlaethol yn y cyfnod hwn, ac y mae hanes Elen Egryn yn tanlinellu mor wahanol yn hyn o beth oedd strwythur a disgwyliadau'r gymdeithas yng Nghymru bryd hynny.

Braidd yn hir fu *Telyn Egryn* yn y wasg, yn ôl sylwadau ambell i adolygydd, a'r argraffydd o Ddolgellau a gafodd y bai. 'Mae ein cyfaill Mr Evan Jones wedi anfon y Delyn allan o'r diwedd,' meddai'r adolygydd dienw yn *Y Gymraes* (i (Gorffennaf 1850), tt. 223-4). 'Mae ein cyfaill medrus,' meddai, 'yn gwasgu pob peth a elo i'w wasg mor arswydus hirfaith,' meddai, 'nes yr ydym yn anobeithio gweled rhai pethau yn dyfod ohoni yn ein hoes ni.' Serch hynny, canmolodd safon y gwaith argraffu a'r diwyg tlws. Croesawodd y gyfrol yn gynnes iawn, gan ganmol Gwilym Hiraethog am annog yr awdur i gyhoeddi'r cerddi, 'y mwyafrif ohonynt yn tra rhagori'. Yn y Cathlau y teimlai'r adolygydd fod Elen Egryn ar ei gorau fel bardd. Yn ei frwdfrydedd, galwodd yn daer am werthiant teilwng:

> Ni a ddigiwn yn erchyll wrth Ferched a Meibion Cymru, os na werthir deg mil o'r Delyn cyn pen blwyddyn. Dylai ein Merched gwneud cyhoeddiad cyfansoddiadau mor ragorol, yn bwnc o anrhydedd cenedlaethol, ac ysgubo ymaith argraphiad ar ol argraphiad yn ddiymaros.

Croeso cynnes a gafodd *Telyn Egryn* ym mhob man, ac efallai fod a wnelo hynny i ryw raddau â'r cyfnod. Yn yr un flwyddyn lansiwyd *Y Gymraes* gan Ieuan Gwynedd er mwyn addysgu a dyrchafu merched, a hynny fel ymateb ymwybodol i Frad y Llyfrau Gleision. Yn y cyd-destun hwn y dylid gosod y penillion gan T. Thomas, Hebron, Llŷn, a gyhoeddwyd fel 'Cyfarchiad at Elen am ei Thelyn' yn *Y Cronicl* ym mis Tachwedd 1850 (viii, 91, t. 350; gweler isod tt. 64), a'r nodyn a ychwanegwyd gan y bardd yn sôn iddo gyflwyno copi o'r gyfrol i ferch ifanc lengar yn ei ardal, sef 'un o enethod yr Ysgol Sul', gyda'r pennill hwn:

> Gwaith Elen i Elen a roddaf yn rhwydd,
> Dymunaf i Elen bob cysur a llwydd;
> Boed Elen fel Elen yn fendith i'r byd,
> Doed mwy o'ch rhinweddau i'r golwg o hyd.

Roedd 'traethodau bychain' yr Elen hon o Lŷn, meddai, fel *Telyn Egryn* yn dangos eto 'fod merched Gwalia yn feddiannol ar alluoedd meddwl', a gorffennodd gyda'r gobaith y byddai'r *Delyn* a'r cylchgrawn newydd, *Y Gymraes*, 'yn foddion i'w hennill i osod

Rhagymadrodd

eu galluoedd mewn gweithrediad'. Eto i gyd, go brin mai agor drysau addysg a llenyddiaeth led y pen i ferched oedd y gobaith, ond cael merched Cymru, tair blynedd ar ôl sioc y Llyfrau Gleision, i gydymffurfio â'r ddelfryd o'r Gymraes grefyddol barchus a moesol, a ganai ar bynciau derbyniol yn unig.

Methodd *Cymraes* Ieuan Gwynedd ar ôl dwy flynedd, fodd bynnag. Ni lwyddodd y cyfnodolyn i apelio at y gynulleidfa yr anelai ati, sef merched y dosbarth gweithiol. Yn wir, ni lwyddodd *Y Gymraes* i gyrraedd rhyw lawer o ferched Cymru o gwbl. Er i ddeallusion y genedl gydnabod arwyddocâd *Telyn Egryn*, ni chafwyd ail argraffiad o'r gyfrol ac nid oes tystiolaeth bod merched Cymru yn gyffredinol wedi deall pwysigrwydd cyfraniad llenyddol Elen. Erbyn chwarter olaf y ganrif roedd hinsawdd addysgiadol a deallusol y wlad wedi newid, ac oes y gymdeithas lythrennog wedi cyrraedd go iawn. Gellir defnyddio'r term llythrennedd i gyfleu'r cysyniad o'r gallu i ddarllen a deall, ond mae ei wir arwyddocâd yn ehangach. Ystyr llythrennedd, mewn gwirionedd, yw'r gallu i gynhyrchu a derbyn testunau ar lafar ac yn ysgrifenedig. Roedd *Cymraes* Ieuan Gwynedd a *Telyn Egryn* o flaen eu hamser. Nid oedd safon llythrennedd merched Cymru wedi cyrraedd y lefel lle y gallai gynnal llenyddiaeth y ferch.

Eto i gyd, yr oedd arwyddocâd *Telyn Egryn* fel carreg filltir yn amlwg ar y pryd, a pharhaodd enwogrwydd y gyfrol am flynyddoedd wedyn. Bron i hanner canrif ar ôl i'w llyfr ymddangos, yn 1896, cafwyd nodyn yng nghyfrol gyntaf cylchgrawn newydd, yr ail *Gymraes*, yn sôn am Elen Egryn 'fel y Gymraes gyntaf y cyhoeddwyd cyfrol o'i gwaith' (*Y Gymraes* i (1896), t. 64). Yr unig ddwy gyfrol gan ferched a gyhoeddwyd yn y cyfamser, meddid, oedd *Caniadau* Cranogwen (1870) a *Llythyrau Cymraes o Ganaan* gan Margaret Jones (1869).

Telyn Egryn

Er gwaethaf geiriau caredig adolygwyr, a'r sylw a gafodd y gyfrol wedyn, ni ellir honni fod *Telyn Egryn* yn bencampwaith llenyddol. Mae safon y cerddi yn anwastad, ac fel yr awgryma'r golygydd, nid oedd ei hymarferion gyda'r englyn yn gwbl lwyddiannus:

> Edryched y beirdd cyfarwydd gyda thynerwch dros ... yr englynion; ni ddygymydd awen dyner ein hawdures yn dda â chaethrwymau y prifodl union a'i gymdeithion; aderyn mewn cawell ydyw yno: ar ganghenau coedwig y mesurau rhyddion y gall hi gael anadl a llais i wneuthur cyfiawnder â ei hun.

Mae'r sylw mai yn y mesurau rhyddion yr oedd Elen ar ei gorau yn arwyddocaol o gofio nid yn unig mai yn y mesurau hynny yr arferai gwragedd ei phlwyf enedigol 'rigymu', ond hefyd fod cynifer o'i rhagflaenwyr fel beirdd benywaidd, gan gynnwys yr enwog Angharad James dros ganrif ynghynt, wedi ffafrio'r rhain. Fel Angharad a beirdd eraill y ddeunawfed ganrif, cyfansoddai Elen Egryn yn aml ar batrwm alaw boblogaidd, dull sydd yn arbennig o hwylus i ferched gan eu bod yn gallu cyflawni pob math o waith tra'n cyfansoddi yn y meddwl neu ar lafar, gan osod y geiriau ar glawr yn nes ymlaen pan ddaw cyfle. Os dewisai merched y ddeunawfed ganrif hen alawon fel 'Gadael Tir' a'r 'Fedle Fawr', trodd Elen hithau at rai a oedd mewn bri yn ei dydd hithau, fel 'Ar hyd y nos' neu rai Saesneg fel 'Home Sweet Home'.

Ond os oedd Elen Egryn yn hapusach wrth ganu ar y mesurau rhyddion, nid oedd yn anwybodus am y canu caeth. Dysgodd gynganeddu'n gywir, ond yn fecanyddol braidd, a di-fflach yw rhai o'i cherddi – er nad ydynt dim gwaeth na cherddi llawer iawn o ddynion o'r un cyfnod a gafodd glod a statws fel beirdd. O astudio'i cherddi yn eu crynswth, cawn yr argraff fod Elen yn aml

Rhagymadrodd

yn canu fel y disgwylid iddi ei wneud, mewn dull derbyniol, saff, ar themâu confensiynol a derbyniol. Mae hynny'n hollol naturiol o gofio ei hamgylchiadau a'r swildod y cyfciria Gwilym Hiraethog ato – er efallai ei fod yntau'n awyddus i gyfleu delwedd arbennig ohoni. Hyd yn oed os oedd Elen, fel gwragedd Llanegryn, yn dal i fwynhau 'rhigymu' weithiau ar bynciau llai parchus, neu mewn cywair ysgafnach, go brin y croesai ei meddwl hi, na meddwl y parchedig olygydd, i gyhoeddi'r ffasiwn beth.

Mae'n bosibl hefyd fod y golygydd wedi dylanwadu ar y dewis o blith y cerddi a oedd ganddi'n barod. Yn sicr mae nifer o'r cerddi'n cydymffurfio â'r ddelwedd – neu'n hytrach y delfryd – o'r ferch grefyddol, ddiymhongar, a ddatblygodd yn sgil Brad y Llyfrau Gleision, nes cyrraedd eithafion erbyn degawdau olaf y bedwaredd ganrif ar bymtheg. Eto i gyd, gellir dirnad elfen bersonol gref yma a thraw. Hiraeth am ei chartref yn Llanegryn yw un o'i hoff themâu (e.e. 'Bwthyn fy Nhad', 'I Anerch Cartref' a 'Rhag Anghofio Elen'), ac y mae'n werth nodi fod ei theulu wedi ymadael â Thy'n-y-llan erbyn cyfrifiad 1851, fwy na thebyg ar ôl i'w thad farw (bu farw ei mam ym mis Tachwedd 1840); erbyn cyhoeddi *Telyn Egryn*, felly, mae'n debyg nad oedd ganddi gartref sefydlog yn y plwyf, a byddai hynny'n siŵr o ddwysáu ei hiraeth. Llais yr alltud trist a glywn yn glir mewn rhai o'r cerddi eraill, megis 'Esgeulusdra Brawd'. Ond os na feddyliodd y brawd hwnnw'n aml am ei chwaer absennol, tystia dwy gerdd arall i berthynas agos a chariadus rhwng Elen a'i chwaer iau Margaret ('Cydnabyddiaeth o Gydymdeimlad fy Chwaer' a 'Dyhuddiant Chwaer mewn Trallod ac Iselder Meddwl'), gan gyffwrdd thema a welir yng ngwaith merched eraill, e.e. Jane James yn y ddeunawfed ganrif.

Hyd yn hyn ni chawsom hyd i unrhyw dystiolaeth fod Elen Egryn wedi parhau i gyhoeddi ar ôl 1850, er bod tair cerdd ganddi wedi

Telyn Egryn

ymddangos yn y cylchgrawn newydd i ferched, *Y Gymraes,* yn ystod y flwyddyn honno. Dim ond un o'r rhain – 'Cathl yr Ardd' – a gyhoeddwyd yn *Telyn Egryn*, ond fe adargreffir y ddwy arall yma (gweler tt. 58-61). Efallai y daw rhagor o'i gwaith i'r golwg eto rhwng cloriau cylchgronau ail hanner y ganrif. Mae'n bosibl fod y salwch y cyfeiria hi ato yn ei gwaith wedi ei rhwystro (gweler, e.e. 'Anerchiad i'w chydweinidogion a anfonodd y farddes pan oedd gartref yn glaf'). Mae cân arall ar yr un thema, 'I gysuro Elen pan yn glaf ac iselfryd, Mai 1af 1848', lle anerchir Elen gan 'yr Eos', yn awgrymu hefyd ei bod ar adegau'n dioddef cyfnodau o ddigalondid, ac mae'r nodyn ar ddechrau 'Cynhadledd y Pigyn' (*Telyn Egryn*, tt. 34-5) yn cyfeirio at gyfnod tebyg ym mis Chwefror 1848, pan oedd hi 'mewn mawr ofid a thristwch meddwl, a'i dagrau yn fwyd iddi ddydd a nos'.

Ond os na wyddom am gerddi diweddarach ganddi, ni phallodd ei diddordeb mewn llenyddiaeth, oherwydd yn 1855 gwelir ei henw yn rhestr y tanysgrifwyr i gyfrol o ryddiaith a barddoniaeth, *Hanes Teithiau a Helyntion Meurig Ebrill gyda "Diliau Meirion"*, gan y bardd Meurig Ebrill o ardal Dolgellau a gyfrannodd englynion cyfarch i *Delyn Egryn*. Erbyn y flwyddyn honno, yr oedd Elen yn byw ym Machynlleth. Mae'n debyg iddi symud yno rai blynyddoedd ynghynt, oherwydd dengys cofnodion cyfrifiad 1851 ei bod yn byw yn Stryd Maengwyn gyda'i chwaer Ann, a oedd ryw dair blynedd yn iau na hi. Adeiladwr yn cyflogi dau o weithwyr oedd ei brawd-yng-nghyfraith, John Morgan, sydd yn awgrymu fod y teulu'n byw yn ddigon cysurus. Disgrifir Elen fel 'milliner': roedd hi'n amlwg wedi datblygu'r sgiliau gwaith llaw ers ei dyddiau'n dysgu genethod Llanegryn i wnïo. Er bod Ann a John Morgan yn dal i fyw ym Machynlleth yn 1861, nid oes sôn am Elen yn rhannu eu tŷ, yn ôl cofnodion y cyfrifiad. Ychydig iawn o'i hanes a gawn wedyn, nes iddi farw ar 29 Ebrill 1876, yn alltud eto, yng nghartref ei brawd, William, yng Nghaer, ac fe'i claddwyd yn y ddinas honno. Merch ei chyfnod oedd Elen Egryn, ac adlewyrchir nifer o newidiadau mawr y cyfnod hwnnw yn ei bywyd a'i gwaith. O ran ei magwraeth mewn ardal wledig lle ffynnai barddoniaeth ac ofergoelion, perthynai fwy i'r ddeunawfed ganrif na'r bedwaredd ganrif ar bymtheg, ond fel nifer o'i chyfoedion cafodd gyfle i grwydro i Loegr a thrwy hynny ddod i gysylltiad â byd modern, dinesig. Yn wahanol i ferched cenhedlaeth gynharach, cafodd ddewis helaethach o ran ei ffordd o fwy a gweithio, yn enwedig gyfle i ennill mwy na morwyn ar fferm ym Meirion. Cyferbynnwyd y ddau fyd hwn yn y gân enwog 'Tros y Garreg' gan Ceiriog, lle y cyfeirir at y bobl ifanc yn dychwelyd i Feirion yn yr haf ag anrhegion i'w mamau. Yn yr 1840au, cyfnod o dlodi a chyni yng ngwledydd Prydain, byddai cyfraniad y bobl ifanc hyn i economi'r teulu yn allweddol, ac yn fodd i lawer i riant barhau i dalu'r rhent i'r meistr tir.

Yn Lerpwl cafodd Elen Egryn fynediad i gymdeithas o fath newydd, sef y dosbarth canol Cymraeg ar ei brifiant. Canolbwynt y dosbarth hwn a'i grym oedd y capeli anghydffurfiol Cymraeg eu hiaith, fel y Tabernacl lle addolai Elen yn y 1840au cynnar. Trwy gynnig croeso a fframwaith cymdeithasol parod i'r Cymry ifanc a gyrhaeddai o gefn gwlad, cafodd y capeli a'r dosbarth canol a'u cynhaliai gyfle euraidd i ddylanwadu ar y newydd-ddyfodiaid, gan hybu gwerthoedd y Cymry newydd fel parchusrwydd, dirwest a moesoldeb, ynghyd ag efengyl 'codi yn y byd'. Cynigiai'r capeli ganolfannau diwylliannol-gymdeithasol hanfodol, yn enwedig i'r rhai ansicr eu Saesneg, a'r un oedd y pwyslais bob amser yn eu gweithgareddau cerddorol a llenyddol. Ystyriwyd dinasoedd fel Lerpwl fel llefydd peryglus, llawn temtasiynau i'r Cymry ifanc, dibrofiad a diniwed, felly rhaid oedd ymdrechu i'w cadw ar y llwybr cul.

Telyn Egryn

Adlewyrchir y meddylfryd hwn yn y 'Cywydd i Lynlleifiad' gan y Parch. Thomas Pierce, un o'r rhai a gyfrannodd 'anerchiad' i *Telyn Egryn*. Yn y gerdd hon cyferbynnir cefn gwlad Cymru â'r ddinas ddrwg:

> O wlad dawel y deuais,
> I lwyd a sech wlad y Sais;
> O wlad cariad ein coron,
> I'r fangre gâs atgas hon;
> O'r golau at ddrwg alon;
> I Lynlleifiad o wlad llon...
> (*Cofiant, Pregethau a Barddoniaeth y Diweddar Barch. T. Pierce*, t. 162)

Cyfeiria hefyd at berygl colli iaith:

> Bechgyn Cymru yn llu llon
> Sy'n sisial swn y Saeson,
> Gyda hyn gwadu eu hiaith,
> A'u hen wlad, yn eu lediaith!
> (t. 163)

Ond yr oedd peryglon gwaeth hefyd:

> Hyll adwyth a thrallodion
> Geir o hyd drwy'r fangre hon;
> Porth y fagddu'n llygru llangc,
> A'i anafu yn iefangc,
> Drwy effaith ddrwg ei droffyrdd
> Andwywyd a maglwyd myrdd.
> (t. 163)

Er bod crwydro oddi cartref yn cynnig math o ryddid i rai fel Elen Egryn, gall fod y gymdeithas yn Lerpwl y daeth yn rhan ohoni yn gosod cyfyngiadau newydd trwy ddisgwyl i'r alltud ifanc gydymffurfio â delfryd arbennig o'r fuchedd Gymreig. Go brin y byddai ffraeo'n gyhoeddus mewn mydr ac odl ar ben stryd, fel y gwnaethai gwragedd Llanegryn, yn rhan dderbyniol o'r fuchedd honno, na hwyl y noson lawen cefn gwlad a'i hiwmor agos at y pridd. Efallai fod cysylltiad rhwng y gwrthgyferbyniad hwn

Rhagymadrodd

rhwng y ddau fyd â digalondid Elen ar adegau; mae'n bosibl hefyd fod y gwahaniaethau diwylliannol a chymdeithasol yn dwysáu'r hiraeth am ei chartref a adleisir yn ei cherddi. Gellir tybio iddi deimlo hefyd na pherthynai'n gyfan gwbl i'r naill fyd na'r llall. Awgryma'r gerdd 'Rhag anghofio Elen' (*Telyn Egryn*, tt. 18-20) na theimlai'n hollol ddedwydd yn y ddinas a'i bod ar yr un pryd yn ofni y byddai ei chyfeillion yn Llanegryn yn colli adnabod arni.

I raddau helaeth, felly, canai Elen Egryn am densiynau bywyd ei chyfnod, am hiraeth ac unigrwydd yr alltud yn ceisio dygymod ag amgylchiadau byw gwahanol i rai ei chartref ac am yr ymdrech i fyw yn ôl rheolau cymdeithas wahanol iawn. Eto i gyd, gellir ei gweld yn ogystal fel bardd sy'n parhau traddodiad benywaidd sydd yn ymestyn yn ôl i'r ddeunawfed ganrif a thu hwnt. Cyfeiriwyd eisoes at ei harfer o gyfansoddi ar batrwm alaw gyfarwydd, fel y gwnaeth cynifer o'r merched a fu'n barddoni o'i blaen, o Angharad James hyd at Ann Griffiths. Trodd hefyd at rai o'r un themâu, megis cariad rhwng chwiorydd, a gellid cymharu ei henglynion 'I wahodd Miss Humphreys' a 'Gwahoddiad i Miss Meurig' â chân Angharad James i'w ffrind Alis ferch Wiliam. Mae hoffter Elen Egryn o ffurf yr ymryson, rhan o'i chynhysgaeth cefn gwlad, mae'n debyg, yn ein hatgoffa o bwysigrwydd cerddi ymryson yng ngwaith Gwerful Mechain yn y bymthegfed ganrif, Jane Vaughan, Caer-gai, yn yr ail ganrif ar bymtheg ac Angharad James yn y ddeunawfed. Bu ffurf yr ymryson yn gyffredin ym marddoniaeth dynion hefyd ar hyd y canrifoedd, ond efallai ei fod yn arbennig o boblogaidd gyda'r merched oherwydd yr agwedd lafar. Byddai hynny'n gyson â'r hyn y gwyddom am bwysigrwydd cyfansoddi a throsglwyddo cerddi gan ferched ar lafar yn hytrach na thrwy gopïau ysgrifenedig. O droi at y mesurau caeth, gellid dadlau hefyd fod hoffter merched o'r englyn yn deillio i raddau o'r ffaith ei fod yn fyr ac yn hawdd ei gadw yn y cof. Tybed ai diffyg hyfforddiant yn y mesurau eraill ynteu'r ffaith ei fod yn fwy addas i draddodiad llafar a gyfrifai am boblogrwydd yr englyn ymhlith beirdd benywaidd o'r Oesoedd Canol hyd at Elen Egryn?

Ni ddylid ystyried gwaith Elen fel parhad traddodiad yn unig, serch hynny, ond ei osod hefyd yng nghyd-destun gwaith merched eraill ei chyfnod. Cyfeiriwyd eisoes at y pamffledi bychain sydd yn tystio i weithgaredd farddonol gan ferched ar ddiwedd y ddeunawfed a dechrau'r bedwaredd ganrif ar bymtheg, gan nodi mai cylchrediad cyfyng a gawsant. Ond erbyn diwedd y 1840au gwelir ambell i gylchgrawn a ddosberthid yn genedlaethol yn croesawu cerddi gan ferched. Fe'i gwelir yn fwyaf rheolaidd yn *Y Cronicl*, misolyn a lansiwyd yn 1843 gan yr Annibynnwr a'r radical enwog, Samuel Roberts ('S.R.') o Lanbrynmair. Cyhoeddwyd ambell i gyfieithiad o'r Saesneg, yn eu plith dwy gerdd gan y Saesnes Felicia Hemans a fu'n byw yn Abergele ac yn ddiweddarach yn Llanelwy ('Y Plentyn Dall', *Y Cronicl* v (Mai 1847), t. 158, a 'Rhyddhad yr Aderyn', vi (Ionawr 1848), t. 30), ond un o'r merched Cymraeg cyntaf i gyhoeddi cerddi ar ei dudalennau oedd Ann Tibbot o Lanfyllin, y cyhoeddwyd penillion ganddi ym mis Gorffennaf 1846. Fe'i dilynwyd gan nifer o ferched eraill yn ystod y blynyddoedd nesaf, yn eu plith beirdd o bob ran o Gymru, e.e. Elizabeth Davies, Dolgellau, Sarah Jones, Llangollen, 'Morfydd Glan Teifi' o Gastell Newydd Emlyn, 'Mari Tredegar' o Went, a 'Susanna' o Lanelli. Cafwyd cerddi hefyd gan Gymry alltud, e.e. Sarah Rowlands, Bootle, ac Elizabeth Jones, Manceinion, a berthynai i'r un byd ag Elen Egryn.

Fel y dengys y detholiad o gerddi cyfoes yn y gyfrol hon, canai'r beirdd hyn ar rai o'r un themâu ag Elen. Marwnadau yw rhai ohonynt, e.e. penillion Catrin Meirion ar farwolaeth plentyn,

Rhagymadrodd

'Teimlad Chwaer wrth feddwl am frawd ymadawedig' gan Elizabeth Jones, a cherdd ddwys Mary Jones, Y Bala, 'Cwynfan Mam', sydd yn cofnodi teimladau gwraig a gollodd ddwy ferch yn ifanc. Mae ambell i farwnad gan Elen Egryn, fel ei chân ar farwolaeth Dafydd Ionawr, yn ei gosod yn nhraddodiad y bardd bro, ac felly hefyd cerddi Elizabeth Davies, Dolgellau, ar farwolaeth gwraig o Ddinas Mawddwy a phlentyn o Ddolgellau.

Yn unol â ffasiwn yr oes, ceir naws grefyddol gref mewn nifer o'r cerddi hyn gan Elen Egryn a'i chyfoedion. Wrth i'r mudiad dirwest gryfhau ac ehangu law yn llaw â'r capeli Anghydffurfiol, daw'r thema honno hefyd i'r amlwg, yng ngherdd Sarah Jones, Llangollen, 'Galar gwraig y meddwyn', er enghraifft. Ceir adlais o'r un thema mewn ambell gerdd gan Elen Egryn, yn arbennig 'I ofyn ffon dros hen wr' (*Telyn Egryn*, t. 47), lle mae'r hen ŵr yn addo ymwrthod â'r ddiod gadarn os rhoddir iddo ffon i'w gynnal. Eto i gyd, canodd ambell un o'r beirdd benywaidd hyn mewn cywair llawer ysgafnach, yn dangos nad dwyfoldeb dwys oedd unig ddiddordeb y merched a farddonai yn y cyfnod hwn. Un o'r enghreifftiau gorau yw cerdd ddifyr Mari Dafydd, 'Sian y Snuff', sydd yn bortread dychanol ond caredig o hen wraig wledig yn gaeth i'r snisin, y math o gerdd, efallai, y byddai Elen wedi ei chlywed yn ei hieuenctid ym Meirion.

Yn hyn sy'n gwahaniaethu Elen Egryn oddi wrth y merched eraill a fu'n barddoni yn yr un cyfnod yw nid yn unig maint ei chynnyrch, sef digon i lenwi cyfrol brintiedig, ond hefyd y ffaith nad bardd bro yn unig mohoni. Er bod nifer o gerddi *Telyn Egryn* yn gysylltiedig â'i hardal, yr oedd hi hefyd yn fardd a ganai y tu allan i'r cylch cyfyng hwnnw. Yn bwysicach fyth, yr oedd yn ymwybodol o'i hun fel bardd go iawn, fel y dengys pwysigrwydd yr awen yn y gerdd gynnar 'Bwthyn fy nhad'. Yr oedd ganddi'r hyder hefyd i ganu am ei phrofiadau a'i theimladau ei hun, bron

Telyn Egryn

y gellid dweud yn null y Rhamantwyr. Fel arfer teimladau confesiynol yn wyneb profedigaeth neu argyfwng tebyg yw swm a sylwedd yr emosiwn a geir yng ngherddi'r merched eraill, lle y tueddir i droi'n amlach i'r foeswers.

Bardd ymwybodol o gonfensiynau'r oes yw Elen Egryn, un a oedd yn gyfarwydd â'r datblygiadau cymdeithasol newydd a ddeilliai o dwf cymunedau Cymraeg uchelgeisiol yn ninasoedd Lloegr, ond un a deimlai hefyd ei gwreiddiau yn y byd gwledig yn plycio'n gas ar adegau. Mae hi'n fardd bro, yn cyfarch cyfeillion Llanegryn a Dolgellau, ond eto'n fardd alltud, yn lladmerydd dros y miloedd o ferched a bechgyn a groesodd y ffin fel hithau i gyrchu gwaith, arian a her newydd. Ond yn fwy na hyn oll, mae Elen Egryn yn fardd sydd yn canu'n drawiadol o bersonol am ei phrofiadau. Yn wahanol i lawer o'r merched eraill o feirdd yn y cyfnod hwnnw, mae hi'n ddigon onest i gyfaddef nad yw cysur parod Cristnogaeth yn ddigon i leddfu ei phoen bob tro. Er mwyn dod i delerau â'i theimladau, ceisia eu dadansoddi yn hytrach na'u disgrifio'n unig. O ganlyniad, llais clir unigolyn a glywir yn ei gwaith. Nid carreg filltir yn hanes cyhoeddi yn unig yw *Telyn Egryn*, felly; haedda'r bardd wrandawiad gennym heddiw.

TELYN EGRYN:

NEU

GYFANSODDIADAU AWENYDDOL

MISS ELLIN EVANS, (Elen Egryn,)
O LANEGRYN.

CYHOEDDEDIG DAN OLYGIAD W. REES,
LIVERPOOL.

DOLGELLAU:
ARGRAFFEDIG GAN EVAN JONES, MOUNT PLEASANT.
1850.

I'R ANRHYDEDDUS A'R WLADGAROL

ARGLWYDDES HALL, O LYS LLANOFER,

NAWDDES ALLUOG

Iaith, Barddoniaeth, Llenyddiaeth, a Defodau

CENEDL Y CYMRY,

Y CYFLWYNIR Y LLYFRYN HWN,

GYDA DIFFUANT BARCHEDIGAETH,

GAN EI HUFUDDAF WASANAETHYDDION,

Yr Awdures a'r Golygydd.

RHAGLITH Y GOLYGYDD.

AT FEIBION A MERCHED CYMRU.

FEIBION HOFFUS A MERCHED SERCHUS FY NGWLAD A'M CENEDL,—Y mae serch ein cenedl at lenoriaeth y delyn yn ddiarhebol er's oesau. Nid oes un offeryn cerddorol yn taro mor felus a swynol ar y glust Gymreig a'r eiddo hi. Gweithiwyd a chyweiriwyd tannau y DELYN hon gan ddwylaw tyner un o'ch merched hawddgar a gwylaidd; o herwydd hyny, tybiaf y teimlir mwy o ddyddordeb a hyfrydwch yn ei seiniau melusion. Peth pur anghyffredin yn Nghymru ydyw gweled benyw yn anturio i faes llenyddiaeth; ac nid hawdd iawn oedd darbwyllo ofn a gwylder *Elen* i gydsynio â'r cais i ymddangos yn gyhoeddus fel hyn o flaen ei chydgenedl. Ni phetrusa merched Lloegr ymgystadlu â'r gwŷr am anrhydedd llenyddol, a chydhôni eu hawl i feithrin y dalent awenawl, ac ymddangos yn gyhoeddus trwy y wasg fel awduresau a beirddesau. Credwn nad yw rhïanod Cymru hoff yn ol iddynt mewn galluoedd ac athrylith, ond iddynt gael addysg a chefnogaeth. Hyderwn y bydd i sain TELYN EGRYN gyffroi ac ennyn nwydau athrylithgar llawer o ferched ein cenedl, ac mai blaenffrwyth o gynhauaf mawr a fydd. Edryched y beirdd cyfarwydd gyda thynerwch dros y Dosbarth Cyntaf—yr englynion; ni ddygymydd awen dyner ein hawdures yn dda â chaethrwymau y prifodl union a'i gymdeithion: aderyn mewn cawell ydyw yno: ar ganghenau coedwig y mesurau rhyddion y gall hi gael anadl a llais i wneuthur cyfiawnder â hi ei hun. Yma y mae yn ei helfen briodol, ac yn gallu hedeg yn rhwydd ac esmwyth o fro estron i *Fwthyn ei Thad*, ac *Aelwyd ei Mam*, neu gymdeithasu â'i *Hochenaid* a'i *Deigryn*, neu dywallt ei theimladau uwchben bedd hen efengylwr Bronyclydwr.

Golygwn ganiadau y DELYN, nid yn unig o deilyngdod uchel fel cynnyrchion ceinion awenyddiaeth bur, ond hefyd ar gyfrif y chwaeth goeth, a'r teimladau tyner y tueddant i'w meithrin yn mynwes y darllenydd—yr ieuanc yn neillduol. Gedy lluaws o feibion a merched ieuainc Cymru aelwydydd eu rhïaint, a gwlad eu genedigaeth, i ymsefydlu yn Lloegr, a buan y gollyngant dros gof garedigrwydd tad a mam, a mwynder cartref, ac iaith a defodau eu bro enedigol; ac felly collant rai o elfenau hanfodol nodwedd hawddgar a rhinweddol; canys, "Cas gwr ni charo y wlad a'i maco," ac yn enwedig y rhïaint a'i magodd, a'r cartref y magwyd ef ynddo. Gwel y darllenydd fod amryw o ganiadau Elen yn llawnion o'r gwresogfrydedd hawddgarol hwn, ac y tueddant i'w ennyn a'i feithrin yn mhob mynwes a ymgydnabyddo â hwy. Ond nid ydym yn amcanu beirniadu ar y cyfansoddiadau yn awr; gan hyny cyflwynwn hwynt i ddwylaw a sylw ein cydwladwyr, gan adael iddynt lefaru drostynt eu hunain.

Liverpool.   Y GOLYGYDD.

ANERCHIADAU I'R GWAITH.

ANERCHIADAU I DELYN EGRYN.

YN araf delynorion!
Gosteged tawed pob tôn.
Ymwrandewch, mor hynod yw
Tônau mwyn tannau menyw;
Sef TELYN EGRYN mewn hwyl,
Swynion Awdures anwyl.

Os oes yn mysg y Saeson—ddewisol
Farddesau cywreinion;
Rhodder im' dyner dôn—Elen fedrus,
A cherdd ddifyrus chwaer rydd o Feirion.

Hon a fedd yr elfen fyw,
Sy'n mynwes awen menyw,
Fu'n ymwel'd ag Efa'n mam,—
Ar lân môr lanwai Miriam,—
Fu'n donio elfen dyner
Hannah a Deborah ber:
Nefol hwyl o'r Wynfa lân,
Eneinniad duwiol anian,
Geir yn ei pher gywreinwaith,
Swyn a rydd ar dlysni'r iaith.
Elen fwyn fwyn yn hir fu
Yn alltud prudd o'r neilldu,
A'i nhwyfus delyn ufydd
Yn nghrog ar îr gangau'r gwŷdd:
Ymofyn oedd am fwynhau
Hoff redlif ei pher odlau.
Ond ar ffawd brawd o brydydd
Trwodd ddaeth ar hynt ryw ddydd—

Gwelai fun glaf ei henaid,—rhyw alar
Welodd yn ei llygaid;   [mwyn
Gwelwedd yn ei gwedd a gaid—a'r bardd
Ymwelai â'i chwyn ag aml ochenaid.

Meddai ef, "Chwaer ymddifad,
"Brysia adlona dy wlad:
"Elen, paham y wyli?
"Gwnaf estyn dy delyn di,
"A thynhaf ei thannau hi
"Yn awr i delynori.
"Agor wawr dy hawddgar wedd,
"Cawn odli mewn 'cynnadledd:'
"Cawn arwest ar fwyn destun,
"Pennill am bennill bob un."

Wele 'nawr ei THELYN hi
Sy ar hwyl i'n sirioli;
Yn nhir ei gwlad yn hir glŷn
Enwogrwydd Elen Egryn.

Ymrodded Cymru heddyw,—i noddi'r
Awenyddol fenyw;
Bri'n tud a'n braint ydyw—pleidio'n serchog
Un mor enwog o Gymru'r hanyw.

Mawl i'r gwr aml ei ragorion,—am waith
Esmwythai fliu galon,
Ac am roi 'r Cymry 'rawrhon
Odlau y nef o'r DELYN hon.

Porthmadog.   W. AMBROSE.

TELYN EGRYN.

TELYN EGRYN—syn seiniau—a ddyry
Ei dyddorol dannau;
Per fiwsig ein prif oesau
Chwery o fys y chwaer fau.

TELYN EGRYN—dŷn dannau—a arllwys
Orllif i'm teimladau,
O swynedig syniadau
Nefol hedd i 'niofalhau.

TELYN EGRYN—fyn y fonwes,—O Elen
Eiliaist fel angyles:
Y galon graig leinw â gwres
Wrth fwynhau doniau dynes.

Tônau mwynion tannau menyw—tônau
Tyner heb eu cyfryw;
Rhagorach na rhai gwrryw,
Ah! mun a'i chân mwynach yw.

Clynog Fawr.   EBEN FARDD.

ERAILL.

Cynnadledd mewn cain odlau—gynnaliwyd
Gan Elen fawr ddoniau,
A'r Eos; mewn amrywiau,
O raddau'r gerdd, hardd yw'r gwau.

Enwogrwydd Elen Egryn—a'r Eos
Wir hyawdl sy'n canlyn;
Hardd yw eu hiaith—a'r ddau hyn
Fu'n adeiliaw'r fwyn DELYN.

Ei thônau prydferth a ennyn—burddawn,
Awen Barddes Egryn;
A'r wlad er adfywiad fyn
Roi'i dwylaw ar y DELYN.

Dal yn dy law y DELYN dlos,—Elen,
Rho eilwaith gerdd wiwdlos,
Hyd i'r nen; cawn wrando'r nos
Ar awen fwyn yr Eos.

ANERCHIADAU.

Un o'r fath oreu a fu—yw'r DELYN
 Yn ardaloedd Cymru;
Bellach cawn dân i'r gân gu,
 TELYN fydd yn mhob teulu.

Ffrwd awenydd ei pher dônau—gyrhaedd
 Gywrain uchel nodau;
Hed swynion ei hadseiniau—drwy'n broydd,
 Taenir dywenydd y tyner dannau.

Liverpool.   T. PIERCE.

ERAILL.

Dilys caed newydd DELYN—etholwych
 O waith Elen Egryn:
Pob sill o'i mydrau dillyn
A rydd ddywenydd i ddyn.

Mynwch, y Cymry mwynion,—gorenwog
 Rïanod a meibion,
I'ch meddiant wycha' moddion
Y DELYN lwydd hylwydd hon.

TELYN y caiff pob teulu—o'i harfer
 Eu hirfaith ddyddanu;
A thôn cân ei thannau cu
Gwyd genedl i gydganu.

Rhïanod mawr eu rhiniau—wych reol
 Chwareuant ei thannau;
A'i pheraidd lwysaidd leisiau
Yn llawn hwyl wna'u llawenhau.

Ei miwsig hyd y meusydd—olynol
 A lona'r amaethydd;
Dymunol hyd y mynydd
Efo'i gail i fugail fydd.

Yn erfai gweddai ar g'oedd—i bob dyn
 Roi lle i'r DELYN drwy'r holl ardaloedd.

Cywir y bernir na bu—yn fynych
 Un fenyw yn Nghymru,
Mor fedrus am wir fydru
Gwiwlon gerdd ag Elen gu.

Dylid cydnabod Elen—un gampus
 A gwempawg ei hawen;
Sywddoeth ofyddes addien,
Hufen y beirdd, hi fo'n ben.

Mawr fudd drwy holl Gymru fad
Fo'i THELYN wiwfwyth eiliad;
A gwnaed Elen gymen gall
Lân eirioes Delyn arall.

Dolgellau.   MEURIG EBRILL.

CYFARCHIAD I'R DELYN.

MAE fy awen yn adfywio
Ar awelon calon effro;
Canaf bennill, os nid englyn,
I ber dannau TELYN EGRYN.

Ymaith fradwyr a'u dichellion
O baradwys y prydyddion;
Na anadled un dyhiryn
Yn awyrgylch iach y DELYN.

Nid oes haint yn ei chyffiniau
I anhwyluso un o'i thônau;
I fro iâ e gilia gelyn
Rhag mwynderau diliau'r DELYN.

Mwyn yw caniad yr ehedydd,
Mwyn a mwyn yw pob awenydd;
O mor fwyn yw côrgan Towyn,
Mwynach mwynach TELYN EGRYN.

Towyn, Meirion.   EVAN EVANS.

HIRAETH AM Y DELYN.

BRYD caf wel'd y DELYN euraidd!
Bryd caf daro'i thannau peraidd?
Bryd caf destun cân dlws fwynaidd?
 Elen, d'wed pa bryd.

Hiraeth sydd yn ennyn
Eisieu gwel'd y DELYN,
Odlau mwyn, yn llawn o swyn,
A ymddwyn TELYN EGRYN:
Lladd fy hiraeth, Elen dirion,
Danfon DELYN i mi'n union,
Onide fe dŷr fy nghalon,
 Os oedi o hyd.

     HUW *o Leifiad.*

TELYN EGRYN.

Dosbarth I.

ENGLYNION.

I WAHODD MISS HUMPHREYS,

MERCH MR. L. HUMPHREYS, DOLGELLAU, ADREF O LOEGR.

Miss Humphreys gares ragorol,—gwenlliw
    Fel gwinllan flodeuol,
Llawn o dwf,—neu feillion dôl,
    Iawn degwch enedigol.

Dymunwn, mewn da amynedd,—weled
    Y fun wiwlwys agwedd,
Yn Nolgellau, golau gwedd,
    Yn lloni diwall annedd.

Na thariwch, deuwch o duedd—Saeson
    Sy'n sisial iaith ryfedd;
Cewch ger bron gwŷr haelion hedd
    Fyw eilwaith mewn gorfoledd.

Ei ras rhodded yr Iesu,—i'ch tywys
    At eich tawel doulu;
  A nawdd rad y Ceidwad cu,
  Hedd beunydd heb ddybenu.

AR YMADAWIAD O YSGOL

MRS. WILLIAMS, YN NOLGELLAU.

Athrawes gynes fwyn gu,—mi ydwyf
    Rwymedig i'w pharchu;
  Mor ffyddlon a boddlon bu,
  Wedd esgud i'm haddysgu.

Gras byth yn ddilyth ddelo,—i'w hepil
    A hapus a fyddo;
  A'i hysgol fuddiol a fo,
  A'i holl addysg yn llwyddo.

GWAHODDIAD I MISS MEURIG,

PLASUCHAF, DOLGELLAU, ADREF O LOEGR.

Miss Meurig aurfrig îrfron,—fun weddaidd,
    Fwyneiddiol ei chalon,
  Deuwch i'ch gwlad, leuad lon,
  I 'morol am dir Meirion.

ENGLYNION.

Boed bob pryd iechyd i chwi,—a brysiwch
    Heb ruso nac oedi,
    I redeg mewn mawrhydi
O blith Saeson groesion gri.

Llawenydd diwall anian,—diarbed
    Fydd derbyn y rïan,
    I'w hannedd deg ei hunan,
Y Plasuchaf, mwynaf man.

Bendithion (llawnion yn llu),—deheulaw
    Y dihalog Iesu,
    I'w rhan gaed, y rïan gu,
Wedi einioes caed ganu.

I GYDNABOD Y BARDD G. CAWRDAF

AM HYFFORDDIAD.

DAWNUS hyfforddiad union,—a gefais,
    Mi gofiaf d' orch'mynion;
    Dysgaist a llywiaist fi'n llon,
Wrth burddoeth raith y beirddion.

Diolwch yt a dalaf,—da achos,
    Dy iechyd ddymunaf;
    A bydded nodded Duw Naf
Cywirdeg i'r bardd CAWRDAF.

I ANERCH MR. EVAN EVANS,

TYMAWR, TOWYN.

Ieuan, ŵr gwiwlan golau,—a medrus
    Am adrodd caniadau;
    Mydra y gwr, mae'n medru gwau,
    Lon ollawl lân linellau.

Gwr da 'i fri, a gair difroch,—mwyn eiliwr
    Manylaidd, chwi wyddoch,
    Awenydd, os adwaenoch,
    Eilia gân fel Iolo Goch.

Prydu, mwyn blethu mewn blas,—ŵr buddiol
    Er boddio Cymdeithas
    Cymreigyddion,*—wiwlon was,
    Awenyddu wna'n addas.

Einioes hir, Ieuan dirion,—boed i chwi
    Byd iachus cysurlon,
    I eilio awen wiwlon,
    Pur o hyd parhao hon.

---

* Cymdeithas Cymreigyddion y Towyn, i'r hon yr oedd Mr. Evans yn Fardd ar y pryd.

ATEBIAD MR. E. EVANS
I'R ENGLYNION BLAENOROL.

ELIN-OR wiwlon eiriau,
Hufen y glod fenyw glau,
Brydyddes ber a dyddan,
Fwyneiddgu wiwlwysgu lân;
Clyw, ferch, wael anerch heno,
Ti wen friallen y fro;
Henffych i feinir hoenffawd,
Ugain waith, ar gân o wawd;
Henffych etto drwy'r fro fraith,
Y geinwech lili, ganwaith;
Ti ydwyt, da y d'wedir,
O ddawn teg, yn harddu'n tir:
Seren y gain fro siriawl,
Lloer yw hon, nid llai yr hawl.
Lleuad yn rhoddi llewyrch
Drwy'r wlad, â'i hagweddiad gwych.
Mae merched yn gyffredin
Lyfned a'r melfed eu min,
A gwên ar eu geneuau
I dwyllo gwr â'u dull gau;
Ond celwydd y sydd, garw son,
Yn ceulaw yn eu calon!

ENGLYNION.

Dyma eneth fwynbleth fawl,
Dyma lodes deimladawl;
Dyma ferch haeddai'i pherchu
O eigion y galon gu:
Merch a'i chân mor wech a chog,
Neu'r eos dyner rywiog:
Llais dy awen, huan ha',
Glwys iawn a glywais ina';
Llonaist fy ngwaed oll ynwyf,
Yn awr, 'rwy'n berwi o nwyf;
Dreinglais dy bedwar englyn,
Beraidd hwyl, a barodd hyn.

Galwasoch fi'n gu lwysaidd,—yn fydrwr
    Hyfedrus a doethaidd;
Gwelwch, nid wyf ond gwaelaidd,
Islaw bri, y sala' braidd.

Llusgo a rhowio'r awen,—y byddaf,
    A baeddu'n aflawen;
Nos a dydd, fel prydydd pren,
Yn hwbio yn anniben.

Chwi yn farddes gynesawl,—un a fedr
    Iawn fydru'n hwylusawl;
Doetha' mun, odiaeth ei mawl,
Llawn o eiriau llenorawl.

ENGLYNION.

Cana, crechwena'n chwanog,—Elen
    Eilia yn galonog;
A th'w'na mewn iaith enwog,
Gymräes lân—cân fel cog.

Hoff reda d' awen ffrydwyllt—
    Cannllef gwawd—y cenllif gwyllt!
Pob adyn, direidyn drwg,
Gochelwch rhag ei chilwg:
Cilwg y feinir, coeliaf,
Yr ddewrddyn, glewddyn yn glaf.
Hefyd, gỳr ei gwên hyfwyn
Un chwe chant o och a chwyn.
Ewch y' mlaen, iach ymlynoch,
Y lloer wen, hoff lawen ffloch;
Yn boddiaw Ner y byddoch,
A byw yn hir heb un och.

AR FARWOLAETH DAFYDD IONAWR.

O! ai breuddwyd oedd briddaw?—ai cwympo
    Wnaeth ein campus athraw?
Mae'm calon a'm bron mewn braw
Heddyw o'i ol—hawdd yw wylaw.

Er huno 'r eiliwr hynod,—Fardd Ionawr
    Fawr ddoniau o'n gwyddfod,
Ni huna'i ber awen barod,
Iach yw yn awr uwch ei nôd.

Tariaw mae Ionawr tirion,—y' ngolwg
    Angelaidd gantorion;
Dyrïau, emynau mwynion,
Yno a rydd i enw'r Iôn.

Dosbarth II.

CATHLAU TEULUAIDD.

BWTHYN FY NHAD,

A GYFANSODDID PAN ODDICARTREF.

Er bod mewn mawr lawnder a'i fwynder yn fad,
Gofidus feddyliau sy am fryniau'r hen wlad;
Ar deimlad dedwyddol 'does modd cael mwynhad,
Nes cyrhaedd ail olwg ar fwthyn fy nhad:
    Hoff, hoff, gorhoff wlad,
Lle gwelir cu olwg ar fwthyn fy nhad.

CATHLAU TEULUAIDD.

Mor felus fu'r dyddiau a dreuliais yn hwn,
Boddlondeb mewn gafael, heb ofal yn bwn;
A phawb yn cyduno er llunio 'ngwellhad,
Fe'm tirion goleddwyd ar aelwyd fy nhad:
    Hoff, hoff, gorhoff wlad, &c.

Pan oeddwn yn faban gwael truan a gwan,
Gofalwyd yn rhyfedd yn hwn ar fy rhan;
Am rïaint mor dyner rho'f glod i Dduw mad,
A'i fendith fo'n disgyn ar fwthyn fy nhad:
    Hoff, hoff, gorhoff wlad, &c.

Mor felus ac addfwyn rhag ymddwyn ar gam
Cawn wrando cynghorion rai mwynion fy mam:
Er prawf o'i serch beunydd cawn gerydd heb wad,
Mae'n fuddiol ail gofio gwialen fy nhad;
    Hoff, hoff, gorhoff wlad, &c.

Wrth weled mawr weniaith, twyll bariaeth y byd,
Gofynais i'r awen fy nghysur i gyd,—
Pa le mae gwir gariad heb fwriad oer frad?
Atebodd mor addfwyn, "Yn mwthyn dy dad:"
    Hoff, hoff, gorhoff wlad, &c.

Y galon dòredig mae'n anhawdd dy ddwyn,
Heb gyfaill mewn adfyd i dd'wedyd fy nghwyn;

'Does modd celu hiraeth, rhaid adde'n ddiwad
Mai cartref y meddwl yw bwthyn fy nhad;
 Hoff, hoff, gorhoff wlad, &c.

YR AWEN.

Rhaid addef mai hiraeth ysywaeth y sydd,
Ond paid â'th achwynion, anfoddlon na fydd;
Rho heibio alaru, cais olwg ar wlad
A'th wna yn fwy dedwydd na bwthyn dy dad:
 Draw, draw, ar Galfari,
Mae golwg ar Geidwad i'th enaid llesg di.

ELEN.

Er pob rhyw flinderau hir groesau oer gri,
Dy lais a wna'n hyfryd fy mywyd i mi;
Ond pa le mae'th deimlad pan soni am wellhad
I'r fynwes friwedig o fwthyn fy nhad?
 Hoff, hoff, gorhoff wlad, &c.

YR AWEN.

Mawr ffoledd hiraethu am amser fu'n bod,
Heb feddwl yn ddifrif am amser sy'n d'od;

'Rwyt ti o gynnwysiad sy'n hwy ei barhad
Nac unrhyw ddifyrwch sy'n mwthyn dy dad:
    Draw, draw, ar Galfari, &c.

Ehedodd yr amser pan oeddit mor llon,
Yn nyddiau babandod heb drallod i'r fron;
Ac etto ar fyrder fe dderfydd coffhad
Am bob rhyw addfwynder sy'n mwthyn dy dad:
    Draw, draw, ar Galfari, &c.

Rho uchel ddiolchiad trwy syniad tra syw,
Mai nid yno'n unig y triga dy Dduw;
Gorseddfainc y Brenin, a rhin ei Fab rhad,
Nid rhaid myn'd i'w 'mofyn i fwthyn dy dad:
    Draw, draw, ar Galfari, &c.

Am hyny na fydded dy galon mor drist,
Cei lawer melusach cyfeillach â Christ;
Cyflwyna dy hunan i hwn y' mhob gwlad,
Cei fwynder pan ballo llaw dyner dy dad:
    Draw, draw, ar Galfari, &c.

I ANERCH CARTREF.

Hoff gartref, O! mor felus ydyw'r co'
O'th fwynder di, yn mhob estronol fro;

Pan daeno cwmwl du fel tywell len,
Fel na cheir gwawl o unrhyw gŵr o'r nen,
Dy gofio di, a'i rhwyga maes o law,
A gweled gwawr a gaf yn tòri draw;
I'm cyfarch d'wed—"Paham goddefi gam?
"Cei ran o'r wledd, a hedd yn nhŷ dy fam;
"Y' mhlith y plant, cei etto'th gyfri'n gu,
"Mae yma'n bod, wir groesaw fel y bu."
Y caddug du, fel niwl a gilia draw,
A'r fynwes drom, ymdeimla yn ddifraw;
Pe collwn di, gan arwed fyddai'r dòn,
Terfynai holl droiadau'r galon hon:
Yr ergyd hwn wnai'r fynwes lesg yn ddwy,
Ac ni cheid clywed llais yr awen mwy;
E wywai'm gwedd, a'r bedd a fyddai'm rhan,
Yr annedd fechan draw gerllaw y llan:
Ond pan na wawria haul na lloer i mi,
Fy Nuw, gad im' orphwyso gyda thi.

RHAG ANGHOFIO ELEN.

O GYRHAEDD pob rhyw gyfaill mad,
    'Rwy'n mhlith rhyw gâd aflawen;
Ac ofni 'rwyf ar fyr o dro
    Y derfydd co' am ELEN.

I'ch boddio chwi bu'n fawr ei chais
  Yn arfer llais ei hawen;
Ac os o dre' diangodd dro,
  A raid anghofio ELEN?

Hoff annedd gu, dy anerch gaf,
  Anwylaf goris heulwen;
Ond chwilio'n graff hyd gonglau'r gell,
  Ceir gwaith ysgrifell ELEN.

Y nos pan wrth y tân yn rhwydd,
  Boed llwydd iwch' fod yn llawen,
Gan eistedd, rhoddi'ch dwylaw 'mhleth,
  O cofiwch beth am ELEN.

Pan f'och yn rhodio'r llwybrau mân,
  A'r hen rodfanau addien,
Yn taro yn eich meddwl boed
  Fod yno ôl troed ELEN.

Ond amser ddwg ofidiau gant,
  Ehedant dan ei aden;
Cyfeillach gre' â 'n llai ei grym,
  Ni chofir dim am ELEN.

Ond pan f'och yn cyfodi'ch llef
  Wrth orsedd nef uchelwen,
O! yma'n isel yn y llwch,
  Mewn taerni cofiwch ELEN.

Hyd nes rhoi'r corffyn hwn mewn bedd,
  A cholli gwedd yr heulwen,
Byth hyd ei harch mewn parch a bri,
  Eich cofio chwi bydd ELEN.

CYDNABYDDIAETH O GYDYMDEIMLAD FY CHWAER.

Dy law mewn trallod roddaist im',
  Pan nad oedd grym i'w drechu,
A hyn a bâr i'r galon hon
  Tra îs fy mron dy garu;
Bydd amyneddgar 'chydig iawn,
  A chei dy gyflawn dalu.

Er im' erioed dy garu'n gu,
  A melus fu'r gyfeillach;
Ac er fod eraill yn gytun,
  'Doedd genyf un ragorach:
Yn awr esgynaist i uwch bri,
  Yr wyt i mi'n anwylach.

Pan yn merwino briwo bron,
  A'r galon yn ddigysur,
Tosturiaist wrthyf yn ddisèn,
  Rho'ist ddeilen wrth fy nolur:
Ar fyrder talaf i ti'r pwyth,
  Cei'n gnydiog ffrwyth dy lafur.

Ti blenaist ar ryw oerllyd hin
  Blanhigyn na ddiflana,
E wreiddiodd yn y galon goeth,
  'Does oer na phoeth a'i gwywa;
A hwn hyd derfyn einioes fêr
  Bob amser a flodeua.

Os daw iselder ysbryd caeth
  I'th ddal ag alaeth, gweli,
Bydd hwn fel pwysi mŷr yn llon
  Cydrhwng dy ddwyfron ddifri;
Ar fraich dy chwaer, cei roddi'th bwys
  Y' mhob rhyw ddwys galedi.

Ond cyn im' roddi heibio'r pin,
  Duw'n ddibrin a'th fendithio;
Ac einioes dduwiol hyd y bedd,
  A rhinwedd a'th gorono;
Ac ar derfyniad pob rhyw haint,
  Cael gyda'r saint ymuno.

DYHUDDIANT CHWAER

MEWN TRALLOD AC ISELDER MEDDWL.

MARGARET bach, os yw dy galon
'Nawr yn drigfa i helbulon,
Gwawria hawddfyd arnat etto,
Pob peth yma sy'n myn'd heibio.

Gwelsom aml gwmwl terwyn,
A'r olwg arno braidd yn ddychryn;
Ond cyn iddo ddechreu gwlawio,
Awel fach a'i cariai heibio.

Pe cait tithau fyw mewn hawddfyd,
Heb un peth i flino'th ysbryd,
Byddai'n ofid i ti gofio
Fod dy hawddfyd i fyn'd heibio.

Felly, Margaret, sych dy ddagrau,
Da i ni yw cael gofidiau;
Ein gofid dry yn gysur cofio
Mai byd yw hwn sy'n myned heibio.

Ar ein taith trwy ddyffryn trallod,
Cofiwn am y Ganaan uchod;
Cawn mewn hawddfyd yno drigo
Pan â 'r byd a'i ofid heibio.

Dosbarth III.

CATHLAU YMSONOL.

OCHENAID.

Ochenaid, ai'th ddifyrwch yw
Datguddio briw fy mynwes?
Er ymdrechiadau fwy na rhi',
Ti fyni ddweyd fy hanes.

E lwyddodd ymdrechiadau gwych
I gadw'n sych fy nwyrudd,
Ond ni all dim dy attal di
I daenu dy adenydd.

Er ceisio cario wyneb iach,
A chelu afiach gwynion,
Ti ddygi chwedl fod rhyw bwys
Yn gorphwys ar y galon.

Wrth gwrdd â chyfaill yma a thraw,
Er estyn llaw yn llawen,
Dy chwedl yma myni ddweyd,
Er llwyr ddadwneud fy llonwên.

CATHLAU YMSONOL.

Ond er na fyni gelu'm brad,
   Wyd gufad i dy gofio;
Pan welwyf waethaf pawb o'r byd,
   Caf di i gydymdeimlo.

Ti wyddost fy nheimladau dwys,
   A dirfawr bwys fy mlinder;
A mynych byddi'n dweyd yn brudd
   Mai buan derfydd amser.

Ond er fod swn dy ddwysaidd gri
   Yn gwir gyhoeddi tristwch,
Pa rin ddysgedig îs y nen
   All ddarllen dy ddirgelwch?

Mae dofn alarnad yn dy gri,
   Pan fyddych di'n ymdreiglo;
Ti ddygi beth o'm baich i'r làn
   Pan 'rwyf ry wan i'w gario.

Rho dy gymdeithas yn mhob tòn,
   Mae 'nghalon yn dy garu;
Ti ydwyd unig eli'm cur,
   A'm cysur mewn caledi.

Ond pan fo'm baich ry drwm i'w ddwyn,
   Caf roddi'm cwyn a'm trallod,
A'i anfon yn dy go'l i fan
   Lle na cha'r gwan ei wrthod.

Y DEIGRYN.

Y DEIGRYN yna, eneth dlos,
Sy'n treiglo dros dy wridog rudd,
I blith helyntion boreu oes
Sy'n dwyn yn ol fy meddwl prudd;
Os chwythai'r byd ryw awel groes,
Nes plygu i lawr fy meddwl llon,
Cawn eli dagrau i wella'r loes,
A golchi'r gofid o fy mron.

Ni wyddwn fawr yr enyd hon,
Am natur y gofidiau sydd
Yn rhy wasgedig ar y fron,
I'r deigryn wthio dros y rudd:
Y dydd gadewais gartref mad,
Meddyliais nad oedd gofid mwy,
O serch at deulu tŷ fy nhad,
Hallt wylwn ar eu gyddfau hwy.

Ond amser dreiglai, twyll y byd
A brofais innau'n fuan iawn;
A gwasgwyd imi lawer pryd
O ddyfroedd gofid, phiol lawn:
Y cartref aeth—y rhïaint cu
A guddiwyd yn y pridd mewn hedd,
A chan y byw anghofiwyd fi,
Fel pe yn farw yn y bedd.

Yn awr edrychwn ar y byd,
Heb ganfod cyfaill ynddo mwy,
Pob cymhorth ddarfu oll y' nghyd,
Gwrthodai'r dreigryn dreiglo'n hwy:
A'm gwedd yn syn, a'm bron yn friw,
Eisteddwn dan oleuni'r lloer,
I geisio marw wrth droed y rhiw,
A'm calon fel y byd, yn oer.

Ond llygad cariad Brenin nef
A'm canfu yn yr oriau hyn,
A chènad fwyn anfonodd ef
I'm harwain i Galfaria fryn;
Wrth weled yno'm hanwyl Grist,
Yn marw dros fy enaid prudd,
Daeth serch yn ol i'm calon drist,
Ail dreiglai'r deigryn dros fy ngrudd.

Rhyw deimlad newydd lanwai'm bron,
Llonyddodd f'ofnau ar y pryd;
O! henffych byth i'r fynyd hon,
Anghofiais fy ngofidiau i gyd:
Ac yma glynaf, Iesu mad,
I syllu ar dy wyneb gwyn;
Gad im' â'm dagrau olchi'th draed,
A marw wrth gyflawni hyn.

MYFYRDODAU

UWCHBEN

BEDD Y PARCH. HUGH OWEN,

O FRONYCLYDWR,

Yn mynwent Llanegryn, yr hwn a fu farw ac a gladdwyd yno yn 1699, a'r ysgrif hon ar ei fedd:—

"Pregethwr yr Efengyl yn ol ei lafur sydd yma yn gorphwys. Oed 60 mlwydd a hanner. Bu farw y 15fed o Fawrth, 1699.

"Y Cymro anwyl, edrych yma
Ar fy medd, a dwys ystyria;
Fel 'rwyt ti, y buom innau,
Fel 'rwyf fi, y byddi dithau:
Gan nad allaf mwy bregethu
O'm bedd, mynwn wneuthur hyny;
O cred yn Nghrist, a bydd grefyddol,
Casâ bob drwg, a bydd fyw'n dduwiol."

Och athraw ardderchog! ai yma mae'th drigfa?
Rhyw syndod a'm llanwodd uwchben dy orweddfa;
Mor ddirgel y llechi! mae'r llysiau bron cuddio
Yr annedd ddiaddurn lle 'rwyt ti'n gorphwyso;
Mudanaidd yw'r tafod fu gynt yn cyhoeddi
Y ffordd i bechadur ochelyd trueni!

Ai yma gorweddi dan draed yr ynfydion,
Yr hwn mae dy goffa'n ddifyrwch gan ddoethion?

Ar lwybr dy fywyd blodeuodd rhinweddau,
Y rhai sydd yr awrhon yn ber eu haroglau;
Er grym erledigaeth, a thwrw bygythion,
Ni wyrwyd dy gamrau, ni lygrwyd dy goron:

Er amled dy wawdwyr, er cryfed eu byddin,
Er carchar, ni siglwyd dy sel dros dy Frenin;
Gwroldeb goronodd dy holl ymdrechiadau,
D'amynedd ni phallodd er amled y croesau;
A'th bwys ar dy Briod wynebaist y tònau,
Dyrchefaist ei faner y' nghanol y brwydrau.

Er maint anwadalwch fy meddwl crwydredig,
Fe'i daliwyd wrth syllu ar d'annedd lygredig;
Och! OWAIN ardderchog! paham ceir dy enw
Ar gàreg lwyd waelaidd, y' mhlith y rhai meirw?
Oes modd dy ddihuno pe bloeddiwn yn uchel,—
Tyr'd allan oddiyna?—mae pob peth yn dawel!

Mae rhyddid trwy'r gwledydd, mae mwynder pregethu,
Mae mil o galonau a garent dy gwmni;
Mae'r haul yn pelydru, fe ffodd y cymylau,
Teyrnfradwyr dy Frenin daflasant eu harfau;
Mae braidd yn rhyw syndod dy fod yn gorphwyso
A'r gwaith heb ei orphen—mae'n bryd i ti ddeffro.

Er dweyd am felusder ein goruchel freintiau,
'Does ond swn yr awel yn ysgwyd y llysiau;

Ni chlywaf i'm hateb un llais o'r daeardy,
'Rwy'n ofni it' gyfarfod â pheth mwy na chysgu;
A raid i mi adael dy wely mewn dagrau,
Heb gael, er taer ymbil, un cynghor o'th enau?

Paham y dych'myga fy meddwl fath wagedd,
'Does yma ond mân-lwch ei gorffyn mewn llygredd;
Ymdrechodd deg ymdrech, ehedodd i wynfyd,
Gorphenodd ei yrfa, coronwyd ef hefyd;
Ennillodd y rhyfel, ca'dd goncwest yn ddibrin,
Boed dyfal fy ngweddi am gymhorth i'w ddilyn.

ESGEULUSDRA BRAWD.

Anghofio chwaer gan frawd,
   I'r egwan gnawd sy'n groes;
Er dryllio bron â briw,
   Rhaid byw hyd derfyn oes;
Yna i boenau byd yn iach,
Caf hedd ar waelod beddrod bach.

Gwnawn ymgysuro'n fad,
   Er ofni brathiad braw;
Y' mhob rhyw adwy wan,
   Cawn IFAN wrth fy llaw:
Ond somwyd fi mewn braich o gnawd,
Anghofiwyd ELEN gan ei brawd.

Wrth gael aml ddeilen sur,
  Gan frodyr îs y nen,
Y meddwl ddyrcha ar frys
  I'r llys goruwch y llen;
Lle gwelaf Frawd yn estyn braich,
Gan dd'wedyd, "Dyro yma'th faich."

Dosbarth IV.

CATHLAU ANERCHIADOL.

ANERCHIAD I'W CHYDWEINIDOGION,

A ANFONODD Y FARDDES PAN OEDD GAR-
TREF YN GLAF.

Fy hoff gyfeillion wiwlon wedd,
Boed hir eich hedd mewn gwychawl hynt;
Maddeuwch im' ar hyn o dro
Ail ddwyn i go' yr amser gynt,
Pan yn eich mwyn gyfeillach chwi,
Mwynhawn fel lli' ddifyrwch llawn;
I gadw'm calon rhag oer nych,
Cysuron genych chwi a gawn.

CATHLAU ANERCHIADOL.

Nis gallaf lai na chofio 'nawr
Am lawer awr âi heibio'n llon,
Pan oedd afiechyd heb fy nal,
Na braw yn gafael dan fy mron;
'Doedd ond llawenydd yn fy ngwedd,
Heb gofio fod y bedd gerllaw;
Ond cyfnewidiodd lliw fy ngrudd,
Mae'm mynwes brudd yn sŷn mewn braw.

Er gwyched yw i'r galon iach
Gael hoff gyfeillach lwysiach lon,
Difyrwch cain cyfeillion cu,
Mynwesol lu, cyn braenu bron;
Pan ddelo loesau poenau i'r pen,
Ni cheir îs nen ddifyrawl nyth,
Dymunwn cyn ehedeg draw
Gysurol law yr Oen dilyth.

Tra byddwy' 'rochr hon i'r bedd,
Mi gofia'ch gwedd, gyfeillion gwiw;
Am eich tiriondeb hyd fy arch
Y teimlaf barch tra yma'n byw:
Mae'r galon lesg o dan fy mron
Yn chwareu'n llon mewn cariad llawn,
Wrth adgof sain eich geiriau syw,
Pureiddiol ryw fel peraidd rawn.

CALENIG I GYFAILL.

WEL, IEUAN, yn awr galw 'nghyd dy feddyliau,
Tafl olwg yn ol, ac ystyria dy lwybrau;
Y flwyddyn oedd genyt sydd wedi ymlithro,
Tros derfyn ei deyrnas gwnaeth amser ei gwthio;
Ni rydd i ti byth un diwrnod yn 'chwaneg,
Os diog a fuost, ti gollaist ei hadeg.

Ond er iddi ddianc, hi geidw ei chyfri',
Hi ddaw a'i dylysgrif i'th erbyn heb wyrni;
A ddarfu it' elwa yn nyddiau'i chylchrediad?
A oedd eich cyfrifon i'ch deuwedd yn wastad?
Os oedd, bydd gysurus; os nad oedd, galara,
A rhed am dy fywyd at groes y Messïa.

Ond pan wyt yn gweled ei cham ola'n cilio,
A'i chwaer wrth y ddôr yn araf ymwthio,
Rhydd wers it' i'w dysgu am awr ymddattodiad,
Pan yro brau amser di dros ei derfyniad;
A fydd y pryd hyny dy lamp yn drwsiedig,
I ddechreu ar Galan heb eilwaith Nadolig?

I DDIOLCH AM FIBL.

O WYNFYD mad! a all mai breuddwyd yw?
P'le, p'le y ffodd gofidiau o bob rhyw?
Ai 'mborthi 'rwyf ar ryw ddychymyg ffol,
Gan suo i gwsg y gofid sy'n fy ngho'l?

Na, lleddfwyd holl elfenau poen a chur,
Eu lle feddiannwyd gan orfoledd pur;
Cenfigen gas, a thwyll cyfeillion gau,
A wnaeth i alaeth f'ysbryd hir barhau:
Ond dyma un yn gywir im' a ge's,
Rhoes brawf ei fod yn gwir ddymuno'm lles;
Ce's ganddo'n rhodd wir fodd i dawel fyw,
Effeithiol falm i wella pob rhyw friw;
Nid aur Peru, na pherlau India ferth,
Ond myrddiwn myrdd o raddau uwch ei werth,
Na'r oll a gynnwys hardd gre'digaeth Duw,
Anfeidrol well na'r holl oreuon yw;
Rhydd gysur mad y' mhob rhyw brofiad braw,
Mewn adfyd bydd, fel llywydd wrth fy llaw;
Mae'n llusern bur, i ddangos llwybrau'r daith,
Ol traed y praidd trwy'r dyrus anial maith,
Lle syrthiodd rhai, a'r modd i wylio'n gall
Rhag maglau'r byd, a thanllyd saethau'r fall;
Ond uwchlaw oll, er dofi pob rhyw loes,
Y diliau pur sy ar lwybr coch y groes,
Calfaria fryn, a'r ffynnon fawr ei rhin,
O'r hon y tardd ysbrydol ddwyfol win;
Lle trengodd bywyd nef y nef ei hun,
Wrth lyncu angeu chwerw euog ddyn;
A'r trydydd dydd, ei gofio dedwydd yw,
Pan ddaeth mewn hedd o'i newydd fedd yn fyw,
'Nol concro angeu, dryllio pyrth y bedd,
Ac ennill in' dragwyddol hyfryd hedd.

I fyw wrth hwn dymunwn ras a grym,
A marw fydd yn elw sicr im':
Pa beth a dalaf i'm hanrhegwr mad?
Pe diolch fyddai o ryw wir lesâd,
Dychwelwn fyrdd, ni thawn tros amser maith;
Ond ofer yw, difudd a fyddai'r gwaith,
Can's amlder geiriau a fernir weithiau'n ffol,
Fy niolch garia' i 'n ddystaw yn fy ngho'l,
Gan wir ddymuno'i lwyddiant y' mhob lle,
Cyflwynaf ef i nodded Brenin ne';
Mewn hedd y treulio'i ddyddiau îs y rhod,
Gan fyw i Dduw, a marw er ei glod;
Dych'mygaf, os cawn gwrdd ar fryniau hedd,
Y teimlaf ryw anwyldeb at ei wedd;—
Y' nghanol sain telynau'r nefol lu,
Dy anrheg fad a gofiaf, IEUAN gu:
Boed Naf dy lyw, a'i wyneb it' heb len,
Bendithion lu'n dyferu ar dy ben.

Dosbarth V.

CATHLAU CYNNADLEDDOL.

CYNNADLEDD Y PIGYN,
RHWNG ELEN A'R EOS.

NID oedd yr ELEN a'r Eos erioed wedi gweled eu gilydd pan gymerodd y Gynnadledd Gathliadol a ganlyn le rhyngddynt. Dygwyddai i'r hwn a ymgyfenwa "Eos," pan ar ymweliad achlysurol yn Nolgellau, yn Chwefror, 1848, glywed fod ELEN mewn mawr ofid a thristwch meddwl, a'i dagrau yn fwyd iddi ddydd a nos; ysgrifenodd yn ddioed lythyr caredig ati, ar ddiwedd yr hwn y gofynai, A oedd yn gallu canu ambell bennill yn ei gofid? gan grybwyll y chwedl am yr Eos, sef mai *pan fyddo pigyn dan ei bron y cana bereiddiaf.* Yn ei hateb i'r llythyr hwnw, dyddiedig Mawrth 15fed, 1848, canai ELEN fel hyn:—

Eos fwyn, pa fodd y gelli
Ar y gainc â llafar llon,
Daro tant mor ber a melus,
Pan fo pigyn dan dy fron?

Tybio 'rwyf fy mod yn deall
Dy ddirgelwch, Eos fach,—
O'r tu allan mae dy bigyn,
Oddimewn yr wyt yn iach.

Mae'n dy fynwes ddiniweidrwydd,
Neu ni ellit fod mor llon,
Na chael blas na hwyl i ganu,
Gyda'r pigyn dan dy fron.

Dedwydd ydwyt, Eos wisgi,
Ond, pe ceit brofi'r fynwes hon,
Gwn y tawet megys ELEN,
Pan ddaeth pigyn yn ei bron.

ATEBIAD YR EOS, MAWRTH 18, 1848.

Er mai pigyn cas euogrwydd
Wnaeth yr archoll dan dy fron,
ELEN, cofia'r balm o Gilead,
Sydd yn abl gwella hon.

Er i'th fynwes deimlo clwyfau,
Pigyn gwaeth na'm pigyn i,
Pigwyd mynwes dwyfol Brynwr
Er iachâu dy fynwes di.

Mae fy mhigyn innau'n boenus,
Etto canu 'rydwyf fi,
Ac nid cwyno am gael marw,
ELEN, fel y clywaf di.

Os yw'r Eos dan ei phigyn,
Y bereiddiaf un ei chân,
Nes y swyna'r goedwig drwyddi,
A dystewi'r adar mân,—

Cana dithau dan dy bigyn,
ELEN, am faddeuol ras,
Nes bo adar nef y nefoedd
Mewn eiddigedd wrth y blas.

Caned engyl am eu cadw
Rhag cael pigyn dan eu bron;
Caned ELEN am rinweddau
'R gwaed sy'n gwella clwyfau hon.

MAWRTH 29, ATEBAI ELEN.

Gwneist i'm henaid gywilyddio
Dan dy gerydd, Eos lon;

Mynaf ddechreu bywyd newydd
Gyda'r pigyn dan fy mron.

Os oes balm i'w gael yn Gilead,
Pa'm dyoddefaf dan fy mriw?
Af i 'mofyn am y Meddyg,
A diolchaf am gael byw.

F'allai 'redrych ar fy archoll,
Y tywallt iddo'r dwyfol waed;
Mae'n anfeidrol ei rinweddau,
Af, gorweddaf wrth ei draed.

Clywais iddo wella llawer
Mynwes drallodedig flin,
Oedd mor afiach a gofidus
A fy mynwes i fy hun.

EBRILL 1AF, ATEBAI YR EOS EILWAITH.

Llawen genyf, ELEN hawddgar,
Glywed fod dy enaid drud,
'Nawr yn dechreu cywilyddio,
Ddarfod iddo gwyno c'yd.

Llawen genyf iti godi
Gyda'r pigyn yn dy fron,
At y balm a rydd esmwythdra,
Ac wna ELEN brudd yn llon.

Tyn dy delyn 'ddiar yr helyg,
C'woiria dannau mwynion hon,
Cana am rinweddau'r Meddyg
Dyn y pigyn o dy fron.

Rhaid i'r Eos ymfoddloni
Dan ei phigyn, er ei bri;
Nid oes unrhyw falm ond angeu
Esmwythâ ei phigyn hi.

Pan ddarfyddo *poen* fy mhigyn,
Derfydd hefyd *sain* fy nghân;
Ond cei di, 'nol gwella'th bigyn,
Ganu byth yn Sïon lân.

EBRILL 12FED, ATEBAI ELEN DRACHEFN.

O! na fyddai i fyd y gofid
Arbed bron yr Eos wiw,
A gadael iddi dreulio'i dyddiau,
Heb adnabod poen na briw.

Cyfansoddi pruddion dônau,
Byddi dithau, Eos dlos,
Gall mai'th bigyn sydd yn peri
I ti ganu yn y nos.

Yn y nos y clywais innau
Lais dy dannau mwynion di,

Pan oedd hyll gysgodau'r fagddu
Yn amdoi fy enaid i.

Ti'm harweiniaist at y mynydd,
Lle bu Meddyg dyṅolryw
Yn cymysgu'r balm anwylaf,
Er iachâu fy mynwes friw.

Ac oddiyno y canfyddais,
O! fel llonai f'enaid prudd,
Ryw oleuni trwy'r cymylau,
Tebyg iawn i wawr y dydd.

Ar yr helyg bu fy nhelyn
Yn grogedig amser maith;
Ond, os caf iachâu fy mhigyn,
Canu bellach fydd fy ngwaith.

—

I GYSURO ELEN

Pan yn glaf ac iselfryd, Mai 1af, 1848.

Canai'r Eos dônau mwynion,—Ar hyd y nos,
Er fod pigyn yn ei dwyfron,—Ar, &c.
Ond pan glywodd am helbulon,
A chystuddiau Elen dirion,
Cân yr Eos droes yn gwynion,—Ar, &c.

Hoffai'r Eos dy gysuro,—Ar, &c.
A charuaidd gydymdcimlo, Ar, &c.
Paid ymollwng dan geryddon
Dy Dad nefol, cwyd dy galon;
Pwysa ar ei addewidion,—Ar, &c.

Rhydd achosion i ti ganu,—Ar, &c.
Deil dy ysbryd llesg i fyny,—Ar, &c.
Fe â 'r t'w'llwch poenus heibio,
Tŷr goleuni arnat etto,
Dysgwyl dithau, ELEN, wrtho,—Ar, &c.

Mae yr Arglwydd yn ceryddu,—Yn nhrefn ei ras,
Y rhai hyny mae e'n garu,—Yn, &c.
Gwasga o'r cystuddiau tryma',
Iddynt hwy y gwin melusa';
Pob peth er daioni weithia,—Wrth drefn ei ras.

Ymgysura dan dy ddolur,—Bydd dawel iawn,
ELEN bach, daw iti gysur,—Yn fuan iawn;
Os yw heddyw fel yn gwgu,
Gwena arnat etto foru;
Try dy gwynfan iti'n ganu,—Yn fuan iawn.

ELEN, AR EI HADFERIAD, AT YR EOS, MAI 12FED.

Darfu ELEN a'i helbulon,—Ar hyd y nos,
Friwo llawer tyner galon,—Ar, &c.

Tad mor dyner wnai ei hoffi,
Pur ei feddwl oedd am dani,
O! mor greulon oedd ei somi,—Ar, &c.

Heb ei briod i'w gysuro,—Ar, &c.
Ei ben gan henaint wedi llwydo,—Ar, &c.
O! na buaswn iddo'n gysur,
Yn lle gwneud ei fron yn ddolur,
Pan ar derfyn oes a llafur,—Ar, &c.

Nid wy'n haeddu'th gydymdeimlad,—Ar, &c.
A chyfnewid sain dy ganiad,—Ar, &c.
Etto, Eos dyner awen,
Aros 'chydig o dy elfen,
I hyfforddi'r waelaidd ELEN,—Ar, &c.

Bu'th gynghorion i mi'n fuddiol,—Ar, &c.
Glynaf wrth y Meddyg grasol,—Ar, &c.
Byddaf weithiau'n meiddio credu,
Caiff fy mhigyn cas ei dynu,
Pa'm ammheuaf ras yr Iesu,—Ar, &c.

Yn fy nghystudd bu'n garedig,—Ar, &c.
Clywodd lais fy enaid unig,—Ar, &c.
Rhodd adferiad imi etto
I oleuo'm lamp a'i thrwsio;
Rhoed im' ras i fod yn effro,—Ar, &c.

O! na fedrwn ei foliannu,—Ar, &c.
Mae ei gariad i'w ryfeddu,—Ar, &c.
Gelli dithau, Eos dirion,
Yma uno dy ganeuon,
Nid yw hyn yn ganu cwynion,—Ar, &c.

DYHUDDIANT ELEN, GAN YR EOS.

DYRCHA'TH ben ELEN eilwaith,—i fyny
Dal faner dy obaith;
Na'd i d'enaid fyn'd unwaith
Dan y llif a'i dònau llaith.

Ymorphwys, rho bwys dy ben,—Ar Iesu,
Y' mhob d'ryswch ac angen,
A bydd ei ddedwydd aden
Iti'n nawdd o tan y nen.

O'r niwliog oer anialwch,—yn ei law
Anwyl ef, heb dd'ryswch,
Do'i allan o dywyllwch
I hoff wlad goleuni fflwch.

Er gofid byd drwg afiach,—nac wyla,
Cei weled dydd tecach;
Daw cyn hir awyr gliriach,
A heulwen bur, ELEN bach.

I ANERCH ELEN EGRYN.

Ha, Elen, mae'th delyn yn hir ar yr helyg,
Wel tyn hi lawr bellach, cyweiria hi'n fwyn;
Pa beth ydyw'r achos ei bod yn grogedig?
A gollodd ei thannau melusber eu swyn?

Dy genedl a ddysgwyl am it' ei gwas'naethu,
Cyn cau o'th amrantau, a dianc i'r nen;
Mae'n adeg it' weithio, paham byddi segur?
Daw terfyn dy dymmor, daw nos am dy ben.

Ni chrëwyd mo honod i aros yn segur,
Ni roed i ti dalent i'w chuddio'n y pridd;
Cei'th alw i gyfrif, pa faint ddarfu't elwa?
Marchnata, fwyn Elen, yn fywiog a rhydd.

Ymferwed dy fynwes, doed ffrydlif frwd allan,
Paham y dystewi? mae'th amser ar hynt;
Meithrina dy awen, na âd iddi wywo,
Cyfoda dy hwyliau yn llawen i'r gwynt.

Cei orwedd ryw ddiwrnod yn nyfnder y ddaear,
A melus 'nol llafur fydd gorphwys yn nghudd;
Ond rhaid ydyw gorphen y gwaith a roed iti,
Neu ynte difwyniant dy fynwes a fydd.

Gan hyny, dy dannau dod bellach yn drefnus,
Ymrodda i weithio cyn darfod dy ddydd;

A chyfod dy ysbryd lluddedig i fyny,
Na thòra dy galon, ac na fydd yn brudd.

RHYS CYFEILIOG.

ATEB I ANERCH RHYS CYFEILIOG.

MOES glywed, fy nhelyn, a oes yn dy dannau,
Ryw sain etto'n aros, clyw alw, mae brys;
A wna cain gyfarchiad hwyluso'th gyweiriau?
Os gelli, rho ateb i fwyn delyn RHYS.

Y DELYN.

Bu hafddydd pan hoffit gyweirio fy nhannau,
Fy sain oedd felusaf o seigiau dy fwrdd;
Ond gauaf a daenodd ei oerion gysgodau,
A finnau a deflaist mewn dirmyg i ffwrdd.

Andwyol yw'm tannau gan leithder yr helyg,
Yr allwedd a rydodd, ni loewa ar frys;
Dirmygus fa'i gosod offeryn drylliedig,
I geisio cydganu â mwyn delyn RHYS.

ELEN.

Ti weli, fy nghyfaill, mai drylliog yw'm tannau,
Diawydd i ganu, aflafar eu llais;

Ond er cydnabyddiaeth o'th fwynion emynau,
Cyflwynaf fy niolch, drwy ddangos fy nghais.

Da ydyw dy gynghor, dymunwn ei berchi,
Ond etto pa ganor yn ngherddgor y wig,
Dan wasgfa du auaf a geir yn telori?
Rhaid cael gwenau Gwanwyn cyn egyr ei big.

Wrth chwilio'n hiraethlawn am nawdd a gorphwysfa,
A theimlo eiddigedd at frodor y bedd,
Daw llais tragwyddoldeb i'm clust, a gofyna,
" A geisiaist i'th enaid orphwysfa a hedd?"

Ar hyn cydnabyddaf mewn c'wilydd ac arswyd,
Yr achos sydd genyf i ddiolch am fyw,
Mewn byd llawn o ofid, ond etto lle trefnwyd
Y ffordd i bechadur i gymmod â Duw.

Trwy fantell tywyllwch ymddengys goleuni,
O fynydd Calfaria, fel tòriad y wawr;
A Brawd yn gogwyddo ei ben i'm croesawi,
Gan roddi tros euog ei fywyd i lawr.

Am hyn, O fy nghyfaill, tro dithau dy ganiad,
A'th dannau i ddysgu y gainc, " Iddo ef;"
Rho sain am ei aberth, ei goncwest, a'i gariad,
Cyn cludo dy delyn gan engyl i'r nef.

Dosbarth VI.

AMRYWIAETHAU.

PENNILLION AR SALM 14. 1.

Pa fodd y gall un enaid byw
Ryfygu dweyd nad oes un Duw?
Pob gwrthddrych uwch ac îs y rhod,
Sy'n uchel dystio fod Duw'n bod.

Y ser sy'n britho'r wybren draw,
A wnaeth ei lân alluog law,
A'r lloer, ardderchog yw ei nôd,
Maent oll yn dweyd fod Duw yn bod.

Mae'r huan mawr a'i wawr mor wych,
Fel dysglaer olwyn, hawddgar ddrych,
Bob boreu a'i belydrau'n d'od,
I sicrhau fod Duw yn bod.

Tymmorau'r flwyddyn fel â'u llef
Sy'n traethu ei ddoethineb ef;
Ac felly yr hin, a threfn y rhod,
Y'nt oll yn dweyd fod Duw yn bod.

Y greadigaeth, odiaeth yw,
At gynnal pob creadur byw;
Dwg ffrwythau maethlawn o bob nôd,
Maent oll yn dangos fod Duw'n bod.

AMRYWIAETHAU.

Y môr a'i nerthol rwysg a'i rym,
Er iddo ymderfysgu'n llym,
Dros ei derfynau, nid yw'n d'od,
Mor eglur yw fod Duw yn bod!

Yr ednod bychain yn mhob llwyn,
Cydseinio maent beroriaeth fwyn;
Cydroddant i'w Creawdwr glod,
Cyd-ddatgan wnant, "Mae Duw yn bod."

Y mae pysg y moroedd o un fryd,
Y' nghyda holl gre'duriaid byd;
Yr holl ymlusgiaid isel nôd,
Yn dystion byw fod Duw yn bod.

Danfonodd ef ei air i ni,
A'i dystiolaethau mawr eu bri;
I draethu ei ryfeddol glod,
Fel gwypo pawb fod Duw yn bod.

Yr hwn a ddywed nad oes Duw,
A sicrha mai ynfyd yw;
Gwybyddwn oll fod dydd yn d'od,
Yr addef pawb fod Duw yn bod.

I OFYN FFON DROS HEN WR.

Fy nghyfaill, 'rwy'n gruddfan yn drwstan ar droed,
Yn hynod bensyfrdan, mewn egwan hen oed,
A'm corffyn yn gandryll a serfyll yn siwr,
Nis gallaf mo'r cerdded i'm gweled fel gwr ;
Pe rhoddech yn gardod hoff hynod im' ffon,
I gynnal y babell a'i llinell yn llon,
Mi neidiwn, 'rwy'n gwybod, wyrth hynod wrth hon;
Os byddwch mor fwyned a gwrando fy nghwyn,
Mi fariaf y dafarn a'i sucan a'i swyn,
Gan hollol ymwrthod â Glan fedd'dod mwyn.

CATHL YR ARDD.

CYNNADLEDD RHWNG MAIR A GWEN.

MAIR.

Tyr'd, Gwen, y mae'r huan yn uchel
Ddyrchafu, a'i gerbyd yn hardd;
Gad ini fyn'd allan i weled
Pa lwyddiant sy ar gynnyrch ein gardd:
Cawn wel'd y blodeuyn ieuangaf
Yn agor ei dlws lygad crwn,
I dderbyn goleuni adfywiol
Boreuddydd mor hafaidd a hwn.

GWEN.

Yn wir mae yn foreu adfywiol,
Yr awel mor esmwyth y chwyth!
Mae'r dail fel yn ofni ymsiglo,
Rhag colli un perlyn o'r gwlith:
Fe anwyd rhyw nifer o'r newydd
O flodau, yn ystod y nos:
Ymryson am ddangos eu tlysni
Mae mentyll y lili a'r rhos.

MAIR.

Bum bron a chyff'lybu 'r olygfa
Brydweddol, i wyneb y byd;
Ond yma mae'r uchel a'r isel,
Yn trigo mewn heddwch y' nghyd:
'Does yma un treisiwr gorthrymus
I beri oer frâd yn y fro;
Ond etto, mae chwyn, rhaid cyfaddef,
Yn codi'n ein gardd ambell dro.

Ieuenctyd sy'n gwenu'n mhob wyneb,
Heb un yn dylawd yn eu mysg;
Gofidus yw meddwl fod Gauaf
Ar ddyfod i ddyosg eu gwisg:
Gwen, edrych, a dewis blanhigyn,
O'r tlysion o'th amgylch a dardd,
I ba un y dymunit debygu
O'r oll sydd yn tyfu yn yr ardd?

GWEN.

A wel'd di'r planhigyn hardd acw,
O'r oll sydd yn uchaf ei ben?
A'i flodau mewn gwisg mwy amryliw
Nac enfys brydferthaf y nen?
Daw'r awel, wrth alw ar anian,
I siriol groesawi y wawr;
A'i llaw dros ei ben i'w ddad-dd'rysu,
Cyn deffro trigolion y llawr.

O Mair! onid hwn yw tywysog
Planhigion yr ardd o bob llun?
Fel Saul y' mhlith Israel mae'n dàlach,
O'i ysgwydd i fyny na'r un:
Bu natur ei hun ar y goreu,
Yn ffurfio prydferthwch mor brid:
Mae'i degwch yn ddigon i swyno
Angelion i syllu ar 'i wrid!

Pob awel wrth esmwyth fyn'd heibio
A gipia fwyn gusan o'i fin;
Mae'r gwlith yn ymryson wrth ddisgyn,
Am y fraint o'i eneinnio â'u rhin:
Y ddiwyd wenynen ei hunan
A hudir i aros dros dro,
Ei degwch a'i swyno i oliwng
Y mel a'r cwch hefyd dros go'.

Fel hwn, O! fel hwn y dymunwn
Fy mod y' mhlith merched y byd—
Yr harddaf o gorff ac ymddygiad,
Y lanaf o fuchedd a phryd;
A'm tegwch a'm rhinwedd yn ennyn
Pob bardd i wneud mawlgerdd i mi;
Wel dyma'm dymuniad,—ond bellach,
Gad glywed, Mair, beth meddi di.

MAIR.

O Gwen! mae ar d' eiriau di arogl
Planhigyn o'r gwaethaf ei ryw,
Sy'n tyfu'n ngarddlysiau dy galon—
A Balchder ei enw ef yw:
Ni thyfa trwy'r ddaear blanhigyn
Sy'n gymaint ei wenwyn yn wir;
Mae'n waeth na'r pren Upas yn Jafa,
Sy'n difa holl gynnyrch y tir.

Y' ngardd yr archangel syrthiedig
Y tyfodd ef gyntaf erioed,
A hwnw a'i trawsblanodd yn Eden,
I ardd ein mam Efa'n ddioed;
Ei wraidd drwy holl erddi dynoliaeth
Ymdaenent,—a thyf y drwg bren,
Gan ddwyn ei holl ffrwythau niweidiol
Yn awr yn dy galon di, Gwen.

Tyr'd yma, Gwen, edrych a weli di
'R planhigyn bach yma y sy,
Yn llechu mor wylaidd o'r golwg
Y' nghysgod planhigyn mwy cry'?
Mae'i arogl peraidd yn llenwi
'R holl ardd, er na welir ei wedd;
Mae'n ddelw o wir ostyngeiddrwydd,
Yn caru dystawrwydd a hedd.

Mae'n hardd, ond nid yw am ddangos
Ei degwch i neb, er mwyn clod;
Rhaid chwilio am dano cyn gellir
Ei ganfod, yn ddirgel myn fod:
Mae'n debyg i Saul pan ymguddiai
Ef gynt y' mhlith dodrefn y tŷ,
Rhag urdd a dyrchafiad breninol,—
Fel hyn mae'r planhigyn bach cu.

Fel hwn, Gwen, fel hwn y dymunwn
I fod, drwy fy einioes o hyd,
Yn taenu perarogl dylanwad
Rhinweddol, er bendith i'r byd;
Yn gwneuthur daioni heb geisio
Ymddangos i olwg un dyn,
Na 'mofyn clod neb na chanmoliaeth,
Ond Duw a'm cydwybod fy hun.

GWEN.

O Mair! 'rwyf yn teimlo dy gerydd
Llymfiniog, yn gwanu fy mron;
Mae c'wilydd i'm wyneb oblegid
Ffol falchder y galon ddrwg hon:
'Rwy'n gwel'd dy ddewisiad yn ddoethach
O lawer, na'r eiddo myfi;
'Rwyf finnau'n dymuno o hyn allan
Bod fel dy blanhigyn bach di.

EVAN JONES, ARGRAFFYDD, DOLGELLAU.

NODIADAU

Anerchiadau
Arfer digon cyffredin oedd cynnwys 'anerchiadau' gan feirdd eraill ar ddechrau cyfrol o farddoniaeth, a ffordd o hybu llyfr trwy ddangos bod ganddo sêl bendith llenorion eraill. Ceir casgliad tebyg yn *Diliau Meirion* (rhan i, 1853) gan Meurig Ebrill, a argraffwyd gan yr un Evan Jones, Dolgellau, a argraffodd *Telyn Egryn*.

W. Ambrose, Porthmadog. Y Parch. William Ambrose, 'Emrys' (1813-73), bardd, a gweinidog gyda'r Annibynwyr, ond bu'n brentis teiliwr yn Lerpwl o 1828 tan 1834. Yr oedd yn gyfaill i William Williams, 'Caledfryn'. Gwilym Hiraethog oedd golygydd y ddwy gyfrol o'i waith a ymddangosodd yn 1876. Gweler *Y Bywgraffiadur Cymreig hyd 1940* (1953) a'r *Cydymaith i Lenyddiaeth Cymru* (argraffiad newydd 1997).

Eben Fardd. Ebenezer Thomas (1802-63), bardd cadeiriog a beirniad; bu'n athro ysgol a groser yng Nghlynnog Fawr, Sir Gaernarfon. Yr oedd yn aelod blaenllaw gyda'r Methodistiaid Calfinaidd a bu'n hyfforddi ymgeiswyr ar gyfer y weinidogaeth. Gweler y *Bywgraffiadur* a'r *Cydymaith*.

Thomas Pierce, Lerpwl, (1801-57). Gweinidog gyda'r Annibynwyr, bardd a dyn amlwg ymhlith Cymry Lerpwl. Gweler H. E. Thomas, *Cofiant, Pregethau a Barddoniaeth y Diweddar Barch. T. Pierce, Liverpool* (Lerpwl, [1864]). Adargraffwyd y gân annerch hon i Elen Egryn mewn casgliad o'i waith barddonol ar ddiwedd ei gofiant (tt. 212-13). Trwy'r capel y byddai Thomas Pierce wedi dod i gysylltiad â hi; yr oedd ef yn weinidog ar gapel a oedd yn gangen i'r Tabernacl lle'r oedd Elen yn aelod yn yr 1840au.

Telyn Egryn

Meurig Ebrill. Morris Davies (1780-1861), saer coed a aned yn Llanfachreth, ger Dolgellau. Cyfansoddai gerddi a chaneuon ar destunau cefn gwlad. Crwydrai dipyn a daeth i adnabod Twm o'r Nant. Gweler y *Bywgraffiadur*. Cyhoeddwyd cyfrolau o waith Meurig Ebrill yn 1853-4 ac 1855 ac adargraffwyd ei englynion cyfarch i *Delyn Egryn* yn ei gasgliad *Diliau Meirion* (Dolgellau, 1853, tt. 112-13); yr un argraffydd, Evan Jones, fu'n gyfrifol am y ddwy gyfrol hyn. Tanysgrifiodd Elen Egryn i gyfrol arall o'i eiddo, gweler Rhagymadrodd, t. 00. Gweler hefyd y nodyn i 'Cathl yr Ardd' isod.

Evan Evans, Ty mawr, Tywyn, Meirionnydd. Ffermwr a bardd. Gweler hefyd cerdd Elen Egryn iddo, t. 10, a'i ateb yntau iddi, tt. 11-13, lle y nodir iddo fod yn aelod o Gymdeithas Cymreigyddion y Towyn, ac yn fardd i'r gymdeithas honno.

Huw o Leifiad. Ni lwyddwyd i ddarganfod enw llawn y bardd hwn; ni welir ei enw yn y prif restrau ffugenwau sydd ar gael, ond dengys ei enw mai un o Gymry Lerpwl yr oedd, ac efallai mai trwy'r capel y daeth i adnabod Elen a'i gwaith.

t.7 **Miss Humphreys, Dolgellau.** Gan y nodir yma mai Mr L. Humphreys oedd ei thad, tybed a oedd hi'n ferch i'r Lewis Humphreys, crwynwr, a fu farw yn 1833, er nad oes cyfeiriad at blant yn ei ewyllys (rhif B1833/138 yn y Llyfrgell Genedlaethol). Ond yr oedd nifer o deuluoedd â'r un cyfenw yn byw yn nhref Dolgellau yn yr 1840au a'r 1850au.

t. 8 **Mrs Williams, Dolgellau.** Awgryma'r gerdd i'r Mrs Williams hon fod yn athrawes ar Elen ei hun.

t. 8 **Miss Meurig, Plasuchaf, Dolgellau.** Yr oedd teulu digon cefnog o'r enw Meyrick neu Meurig wedi ymsefydlu yn Nolgellau erbyn y ddeunawfed ganrif, ac mae'n bosibl fod y ferch hon yn perthyn i'r Elizabeth Meyrick o Ddolgellau a fu farw yn 1803 (B1803/123 yn y Llyfrgell Genedlaethol). Ceir penillion i'r Plas Uchaf gan Meurig Ebrill yn *Diliau Meirion* (rhan ii, Lerpwl, 1854), tt. 49-50.

t. 9 **Y Bardd G. Cawrdaf.** William Ellis Jones, 'Gwilym Cawrdaf' (1795-1848), brodor o Abererch ger Pwllheli; bardd ac argraffydd. Fe'i brentisiwyd i'r argraffydd Richard Jones (1787-1855) yn Nolgellau (sef argraffydd y llyfryn bach, *Ychydig Hymnau,* o bosibl o waith Elen Egryn). Bu'n gweithio wedyn fel argraffydd yng Nghaernarfon, ond yr oedd ganddo hefyd ddawn fel arlunydd. Teithiodd ar y Cyfandir yn ystod 1817-19, yn gweithio fel arlunydd, cyn dychwelyd i Gymru ac at grefft yr argraffydd. Yr oedd yn bregethwr lleyg gyda'r Wesleaid. Cyhoeddwyd *Gweithiau Cawrdaf* yn 1851. Gweler y *Bywgraffiadur* a'r *Cydymaith*. Cawrdaf a fu'n gyfrifol am ran o hyfforddiant Elen Egryn (gweler *Telyn Egryn*, t. 9).

tt. 10-11 **Evan Evans.** Gweler y nodyn uchod, t. 50.

t. 13 **Dafydd Ionawr.** David Richards (1751-1827), athro a bardd, brodor o Lanymorfa ger Tywyn. Fe'i addysgwyd yn ysgol ramadeg Ystrad Meurig gan Edward Richard, a thrwy'r cysylltiad hwnnw, mae'n debyg, y cyfarfu â Ieuan Brydydd Hir (Evan Evans, 1731-88), a'i ddysgodd i farddoni. Roedd Ieuan yn gynddisgybl i Edward Richard, a dychwelodd i'w hen gynefin fel curad am gyfnod byr yn 1766-7. Yn 1790 cafodd Dafydd Ionawr waith fel athro, yn 'ysgol rad Tywyn' yn ôl un ffynhonnell, ond mae'n bosibl, yn ôl y *Bywgraffiadur*, mai yn Llanegryn ac nid yn Nhywyn y bu'n dysgu. Pedair blynedd yn ddiweddarach symudodd i Ddolgellau, a bu'n athro yn yr ysgol ramadeg yno o 1800 i 1807. Gweler y *Bywgraffiadur* a'r *Cydymaith*. Os cyfansoddodd Elen y gân hon pan fu ef farw neu yn fuan ar ôl hynny, rhaid mai tua ugain oed oedd hi ar y pryd.

t. 14 Bwthyn fy Nhad. Ar hanes tad Elen, William Evans, gweler y Rhagymadrodd, tt. x-xii. Ceir y copi cyntaf o'r gân hon, dan y teitl, 'Elen mewn gwlad estronawl yn hiraethu am ei chartref', yn llsgr. NLW 6077C, sef rhan o'r casgliad o gerddi a baratowyd gan Thomas Lloyd Jones ar gyfer y flodeugerdd *Ceinion Awen y Cymry*. Gan fod y gyfrol honno wedi ei chyhoeddi yn 1831, rhaid bod y gerdd hon gan Elen wedi ei chwblhau erbyn tua 1830, pan oedd y bardd tua 23 oed. Yn y llawysgrif fe nodir fod y gerdd i'w canu ar y mesur a elwir "Sweet Home" (hynny yw, y gân Saesneg enwog, 'Home Sweet Home'). Mae'r fersiwn yn *Telyn Egryn* yn cynnwys rhai newidiadau, rhai, mae'n debyg, mewn ymgais i wella'r gerdd; y newid mwyaf trawiadol yw 'Mae'n *fuddiol* ail gofio ...' yn lle 'Mae'n *felys* ail gofio ...' yn y pumed pennill. O gymharu dwy fersiwn y gerdd, gwelir hefyd fod y llawysgrif yn cynnwys ambell i wall copïo ar ran Thomas Lloyd Jones. Ychwanegodd yntau nifer o gywiriadau mewn pensil ar ôl copïo'r gerdd mewn inc, a nododd dan y teitl: 'To be inserted as the production of a female'.

tt. 20-1 Margaret, chwaer Elen Egryn. Yn ôl cofrestri plwyf Llanegryn, bedyddiwyd Margaret Evans ar 10 Mai 1812. Bu farw rhai o blant eraill John a Rebecca Evans yn ifanc iawn, e.e. ar Ŵyl Ddewi 1824 claddwyd efeilliaid a anwyd iddynt ar 28 Chwefror yr un flwyddyn. Yn ôl cyfrifiad 1841, yr oedd tri o'r plant yn dal i fyw gartref: Evan (gweler isod) tua 30 oed, a'r chwiorydd Mari (20 oed) a Gwen (15 oed).

tt. 23-4 Ochenaid. Ystyriwyd hon, yn ôl nodyn yn *Y Gymraes* (i, 1896), t. 64, yn un o gerddi gorau Elen Egryn. Fe'i hadargraffwyd gan Thomas Levi yn ei gasgliad, *Caneuon Cymru* (Abertawe, 1896), tt. 66-7.

t. 27 **Y Parch. Hugh Owen, Brynclydwr, Llanegryn.** Pregethwr Piwritanaidd (1639-1670 [1699 yn ôl yr hen galendr]), a gladdwyd ym mynwent Llanegryn. Gweler y *Bywgraffiadur*, a *Hanes Plwyf Llanegryn*, tt. 203-5, lle y dyfynnir yr un bennill o'i garreg fedd.

t. 29 **Ifan, brawd Elen Egryn.** Bedyddiwyd Evan Evans, yr Ifan y cyfeirir ato yn y gerdd hon, ar 27 Mai 1810 yn eglwys Llanegryn. Yr oedd yn dal i fyw gartref yn 1841, yn ôl cofnodion y cyfrifiad; gweler y nodyn uchod ar Margaret Evans.

t. 30 **Anerchiad i'w chydweinidogion.** Mae'n debyg mai at Gymry alltud a oedd fel hithau wedi mynd i Lerpwl i weini y cyfeiria Elen yma.

t. 32 **Calenig i gyfaill.** Ni wyddom i sicrwydd pwy oed y cyfaill Ieuan a gyferchir yn y gân hon a'r nesaf. Yr oedd 'Calenig i gyfaill' wedi ei chyhoeddi am y tro cyntaf yn *Y Cronicl* ym mis Chwefror 1849 (cyf. vii, t. 62), ynghyd â chân na chynhwyswyd yn *Telyn Egryn*, sef 'Penillion ar farwolaeth Jane, merch fechan y Parch. J. Parry, Machynlleth'; gweler tt. 56-7 am y testun.

tt. 34-5 **Elen a'r Eos.** Ni wyddys fwy am yr 'Eos' na'r hyn a ddywedir yn y nodyn gan y golygydd.

t. 43 **Rhys Cyfeiliog.** Ni ymddengys 'Rhys Cyfeiliog' yn y rhestrau ffugenwau, y *Bywgraffiadur* na'r *Cydymaith*. Efallai mai bardd bro ydoedd.

t. 46 **Penillion ar Salm 14.1.** Arfer cyffredin oedd aralleirio salmau mewn mydr ac odl, traddodiad y gellir ei olrhain i *Salmau*

Telyn Egryn

Cân Edmwnd Prys (1621). Ceir enghreifftiau cyfoes ymhlith cerddi Thomas Pierce (*Cofiant, Pregethau a Barddoniaeth,* t. 224), a Meurig Ebrill (*Diliau Meirion* ii (Lerpwl, 1854), tt. 76, 78).

t. 48 **Cathl yr ardd**. Cyhoeddwyd y gân hon yng nghyfrol gyntaf *Y Gymraes* dan olygyddiaeth Ieuan Gwynedd ym Mehefin 1850 (cyf. i, tt. 187-8). Fe'i dilynir yn y cylchgrawn gan benillion, 'Gwragedd rhinweddol a darbodus' gan Meurig Ebrill, ynghyd â llythyr ganddo at y golygydd. 'Gan mai y "rhyw deg" sydd yn cael mwyaf o sylw eich cyhoeddiad campus, efallai nad anfuddiol fyddai cyhoeddi yr Englynion canlynol i Wragedd Rhinweddol,' meddai, gan ychwanegu: 'Hwyrach y byddant yn foddion i roi yspardyn i'n rhianod eu hefelychu'. Mae testun yr englynion yn cydweddu mor dda â nod Ieuan Gwynedd wrth lansio'r *Gymraes*, sef hybu delwedd arbennig o ferched Cymru fel creaduriaid crefyddol a moesol, dilychwin eu buchedd, fel bod gennym le i amau mai'r golygydd a wahoddodd gyfraniad Meurig Ebrill, neu o leiaf fod y ddau wedi cyd-drafod yr englynion a'r 'llythyr'. Evan Jones o Ddolgellau a argraffodd *Y Gymraes, Telyn Egryn* a rhai o gyfrolau Meurig Ebrill, felly mae'n amlwg eu bod yn perthyn i'r un cylch cymdeithasol.

ATODIAD

Cerddi eraill gan Elen Egryn   56

Cerddi gan eraill am Elen Egryn a *Telyn Egryn*   62

Cerddi gan ferched eraill   65

Daw'r cerddi canlynol yn uniongyrchol o gylchgronau Cymraeg canol y ganrif ddiwethaf. Yn ogystal â rhoi'r cyd-destun llenyddol priodol i waith Elen Egryn, mae'r cerddi gan eraill hefyd yn ddrych i'r cyfnod.

Telyn Egryn

CERDDI ERAILL GAN ELEN EGRYN

PENILLION AR FARWOLAETH JANE, MERCH FECHAN Y PARCH. J. PARRY, MACHYNLLETH

Paham y daethoest, blentyn hoff,
I ail wresogi serch fy mron,
Ac ail ddolurio'r briwiau fu
Yn gwaedu am dy frodyr llon?

Yr hiraeth blin o'u colli hwy
A ddofwyd gan dy wenau chweg,
Rhyw ddeilen newydd ddoi bob dydd
I'th wneud yn hoffach, rosyn teg.

Fy meddwl godai ar dy ran
Ryw gestyll bychain ar bob llaw,
A gobaith a'th osodai'n llon
O flaen fy mryd flynyddau draw.

Ond pan yn hoffi fwyfwy'th fryd,
A gado i'm bron ail deimlo hedd,
Diengaist at dy frodyr, fel
I wawdio'm siomiant yn y bedd.

Paid, paid, fy mam, a gadael i'th
Deimladau gael eu ffordd mor bell;
Tro'th olwg fry, gwel wlad heb haint,
Cei le i ddarllen dalen well.

Atodiad

Mae llwybrau Iôr yn dywyll iawn
I olwg byr trigolion llawr;
Ond bydd ddiolchgar am ei ffyrdd,
Fe'u trefnwyd mewn doethineb mawr.

O'r bryniau hyn, wrth oleu'r nef,
Cei weld esboniad llwybrau'r daith;
A'r dyfroedd chwerwon yma a thraw
Felusant dragwyddoldeb maith.

(*Y Cronicl* vii (Chwefror 1849), t. 62)

Telyn Egryn

ANERCHIAD I FERCHED CYMRU

Awen dos mae'm bron yn lloni,
Wrth roi'r neges yn dy law,
Cyfarch hawddgar Ferched Cymru,
Y' mhob ardal yma a thraw;
Paid a gadael un heb wybod,
Am gychwyniad y GYMRAES,
Sydd a bwriad i'w derchafu,
Goruwch gwarth a dirmyg câs.

Torodd gwawr yn ein hawyrgylch,
Rhaid i'r caddug gilio'n ol,
Rhwygir lleni ofergoelion,
Derfydd pob arferion ffol;
Mwyach clywir gan Hanesydd
Am brydferthwch Cymru fad,
Fod ei Merched mor rinweddol
Ag awelon pur eu gwlad.

Haera yr amaethwr weithiau,
Nad oes eisiau arnom ni;
Ond dysgu magu lloi yn raenus,
Pesgi moch, a threfnu'r tŷ;
Gwneud menyn at y Farchnad,
Caws rhagorol iawn eu blas;
Ond ca[wn] weld ei gamgymeriad,
Wrth oleuni y GYMRAES.

Mynwn wybod Hanesyddiaeth,
Am y cenedlaethau gynt;
Llu o ddygwyddiadau rhyfedd.
Ddengys amser ar ei hynt;

Atodiad

Daearyddiaeth i ryw fesur,
Darllen natur yn ei bri;
Nid yw magu moch a gwyddau,
'N ddigon i'n meddyliau ni.

Ymwrolwn Ferched Cymru,
Fel chwiorydd un eu bryd,
Boed i ymdrech am wybodaeth,
Uno ein calonnau'n nghyd,
Awn i'r maesydd, casglwn ffrwythau,
Sypiau peraidd iawn eu blas;
A gosodwn hwy yn drefnus,
Ar hyd fyrddau y GYMRAES.

Ni wnawn yma felus wledda,
Difyr helpu'r naill y llall
A'r Golygydd wrth ein cefnau
Yn ein gwylio rhag pob gwall?
Bydd yn foddion i'n hadfywio,
Ar ein taith drwy'r anial blin;
A'n cymhwyso i lenwi'n cylchoedd,
Yn ngwasanaeth Duw a dyn.

Dos fy awen, dyna'th neges,
Rhed nes iti wneud dy ran;
Gwn y cei dderbyniad llawen
Gan chwiorydd yn mhob man;
Mawr yw'th fraint o fod yn gyntaf
I ganu'r newydd yn eu clyw;
Cofia enwi y Golygydd,
Pwy? ond IEUAN GWYNEDD yw.

(*Y Gymraes* i (Chwefror 1850), t. 55)

Telyn Egryn

YR OENIG AMDDIFAD

Y Plentyn

Beth ddarfu i'r oenig fach fwyn
Oedd neithiwr mor heinyf ei chamrau?
Onid hi oedd y flaenaf o'r ŵyn,
Wrth ddangos gorchestion eu campiau?
Mae heddyw yn edrych yn brudd,
Gan frefu yn wan ac wylofus;
A wyddoch chwi mam pa beth sydd
Yn gwneuthur ei chalon yn glwyfus?

Trwy'r borau bu'n teithio y ddôl,
Gan dd'wedyd ei chwyn wrth bob dafad,
Pa rai a'i culgwthient yn ôl
Mewn sarug a chreulon ymddygiad:
Mae'n awr yn siomedig ei gwedd
Yn gorwedd ar ymyl y geulan;
Ac yno mae'n sicr bydd ei bedd,
Oni cha' gynorthwy yn fuan.

Y Fam

Anffodus yw tynged yr oen
Aeth neithiwr mor ddedwydd i gysgu,
Wrth ochr ei mam ni chai poen
A'i chwpan o hawddfyd gymysgu;
Disgynodd rhyw haint yn y nos,
Y borau, yn gorph cawd y ddafad;
A buan yr oenig fach dlos
A deimlodd ei hun yn amddifad.

Atodiad

Deallodd nad allai ei mam
Byth mwyach a'i chariad ei noddi;
Trwy'r ddôl aeth i dd'wedyd ei cham,
A dysgwyl gan ryw un dosturi,
Ond oerach na mynwes ei mam
Y teimlodd wrthodiad pob dafad:
Ei gadael i newyn a cham
A gafodd yr oenig amddifad.

Dos Margaret, a chymer yn fwyn,
Yr oenig i'r ty i'w hymg'leddu;
Gwna ati yn dirion ymddwyn;
Yn fuan cais luniaeth i'w lloni.
Nid tebyg i'w mam bydd dy serch,
Ond eto gwna iddi dy orau,
A dedwydd a fyddi, fy merch,
Os gweli hi eilwaith yn chwareu.

(*Y Gymraes* i (Gorffennaf 1850), tt. 222-3)

Telyn Egryn

CERDDI GAN ERAILL AM ELEN EGRYN A *TELYN EGRYN*

YMWELIAD ELEN EGRYN Â LLYNLLEIFIAD

Awelon Llynlleifiad gostegwch yn awr,
A chwithau'r trigolion na thrystiwch y llawr;
Ust, yna'r marchnadwyr, na fydded un floedd
Tra byddwyf yn traethu fy nghaniad ar g'oedd.

Tyr'd bellach, fy awen, os ydwyt yn fyw,
Meddyliwyf it' fyned y'mhell o fy nghlyw;
Colomen y nefoedd, O, dychwel o'th daith,
Paham y'm gadewi dros amser mor faith?

Wel, Gutyn, arafa, yr ydwyf yn d'od,
Mynega beth ydyw fy nhestun i fod;
Ymdrechaf fy ngoreu, er nad wyf ond gwan,
Yn awr mi ddechreuaf - gwna dithau dy ran.

Llawenydd i'm calon, 'rwy'n d'wedyd heb wâd,
Oedd gweled yr enwog farddones o'm gwlad;
Gwell gennyf ei gweled tra yma'n rhoi tro,
Na gwel'd tywysogion a mawrion fy mro.

Cael clywed ei chaniad fydd i mi mor fwyn
A'r eos, neu'r llinos, sy draw yn y llwyn;
Mae'i hawen yn hoew, a'i hodlau yn heirdd,
Hi erys yn ddiogel ar orsedd y beirdd.

Ni welwyd yn Ngwalia, mi goelia mai gwir,
Yr un wnai efrydu - canu'n fwy clir;
Pe rhifid barddesau y ddaear heb goll,
Fe saif ELEN EGRYN cyfuwch â hwynt oll.

Atodiad

I ELEN yn foreu yr awen a roed,
Hi ganai'n odidog yn unarddeg oed;
Fe gododd cywilydd ar lawer hen fardd
Wrth weled yr ELEN yn eilio mor hardd.

Hen Feirion, ymffrostia o'th gawres ar gân,
A heria'r holl wledydd yn fawr ac yn fân;
Er galw holl ferched pob goror yn nghyd;
Barddones Llanegryn fydd ben ar y byd.

O deled ei "Thelyn" yn rhwyddaidd i'm rhan,
A chaffed dderbyniad gan Gymry pob man;
Mae'i thannau yn orywch, mae'n hynod o rad,
Am hyny mawrygwn gampuswaith ein gwlad.

Erfyniaf ar Wynfa roi'n helaeth i hon
Lawenydd a geidw bob alaeth o'i bron;
Edryched ei llygaid am nodded o'r ne' –
Na fydded ond Iesu'n ei llywio y' mhob lle.

Efelyched menywod hi'n Ngwynedd a'r De,
Gwaith barddas Meirionydd fo'n llanw pob lle;
Rhïanod ysblenydd ddilyno'i hol hi,
Yn fuan y byddo barddesau heb ri'.

Niferoedd o flwyddi boed iddi hi fyw,
Er lles i'w chydgenedl, mewn moliant i Dduw;
Pan dderfydd ei dyddiau, eheded yn hy'
I ganu at engyl i'r Wynfa lân fry.

G. GRIFFITHS, (*Gutyn Ebrill*) *Llynlleifiad*, Hydref, 1849.
(*Y Cronicl* viii (Ionawr 1850), tt. 28-9)

Telyn Egryn

CYFARCHIAD AT ELEN AM EI THELYN

DIOLCH iti, Elen Egryn,
Am d'rawiadau per y DELYN;
Gwnaethant loni fy nheimladau,
Nes anghofio pob gofidiau.

Mwynion donau'th DELYN, Elen,
Wna'r pruddglwyfus ddyn yn llawen;
Dim ond swn ei thynion dannau
Dry ei gwynion yn ganiadau.

Pe bawn ddim ond gallu canu,
Nes adseinio gwledydd Cymru,
Hyny wnawn o barch i'r DELYN
Gyfansoddodd Elen Egryn.

ARALL

A gyfansoddwyd gan yr un, pan yn cyflwyno y DELYN i un o enethod yr Ysgol Sul. Y mae gan Elen Lleyn amrywiol draethodau bychain ar wahanol destunau; ac y maent yn hynod o dda, ac ystyried ei hoed. Dengys hyn etto fod merched Gwalia yn feddiannol ar alluoedd meddwl, a hyderaf y bydd y DELYN a'r GYMRAES yn foddion i'w hennill i osod eu galluoedd mewn gweithrediad.

Gwaith Elen i Elen a roddaf yn rhwydd,
Dymunaf i Elen bob cysur a llwydd;
Boed Elen fel Elen yn fendith i'r byd,
Doed mwy o'ch rhinweddau i'r golwg o hyd.

T. THOMAS, *Hebron, Lleyn.*
(*Y Cronicl* viii (Tachwedd 1850), t. 350)

Atodiad

CERDDI GAN FERCHED ERAILL

PENNILLION GAN MISS TIBBOT, O LANFYLLIN

[Hyfryd iawn ydoedd i un mor ieuanc, pan bron ar ymylau glyn marwolaeth, allu gadael ar ol argoelion o brofiad mor gariadlawn a dedwydd.]

Llais mwyn yr Archoffeiriad
Rho im' dy law y Cristion gwan
I'th ddwyn o'r anial adre';
Tywysaf di i'r noddfa glyd
O gyrhaedd byd y dagrau.

Llais gweddi yn ateb
O na bawn gyda Mhrynwr cu
I'w foli yn wastadol;
A rhoi fy ngoglud arno Ef
Fry yn ei gartref nefol.

Hiraeth am ben yr yrfa
Wrth deithio drwy'r anialwch blin
'Rwy'n gwel'd ei fod yn faith,
I'r egwan llesg sydd dan ei faich
Am gyrhaedd pen ei daith.

Dymuniad am grefydd gywir
O am gael crefydd ddalio brawf
Cloriannau'r byd a ddaw;
I'm codi'n bur gan Grist i blith
Torf hardd ei ddeheulaw.

Telyn Egryn

Syllu ar yr adgyfodiad
Mae'r coedydd ar bob llaw
O ddail a blodau'n llawn,
A'r meusydd gwyrddion welaf draw
Yn glasu'n dlysion iawn;
Ond canmil tlysach fydd,
Yn nydd cynhauaf mawr,
Gwel'd llu yn dod i'r lan o'r bedd
Rifedi gwlith y wawr;
A'u gwisgoedd yn glaer wyn,
A'u coron ar eu pen,
Yn esgyn gyda'r addfwyn Oen,
I'r wlad o fewn i'r llen,–
I wledda'n ddifyr byth,
Yn y Gaersalem fry,
Ar ffrwyth yr iechydwriaeth ddaeth
O aberth Calfari.
A.E. TIBBOT.

Pennill gan ei Mam
Diangodd Anne fach ymaith
Heb ddywedyd dim i mi;
Ond gwn ei bod am dewi
Rhag clwyfo nheimlad i;
Mae'm meddwl heddyw'n dawel
I'r cyfnewidiad fu,
Ei dwyn i fynwes Iesu
Fu farw ar Galfari.
A.T.

Atodiad

Pennill gan ei Thad
Gwir fod Anne ein geneth hawddgar
Wedi cael ei thori lawr,
Ond mae heddyw'n dechreu canu
Gyda'r nefol dyrfa fawr:
Ni bydd yno,
Boen na bai i'w blino byth.
R.T.

(Y Cronicl iv (Gorffennaf 1846), t. 112)

Telyn Egryn

CWYNFAN MAM

Ar ol ei dwy Ferch, a fuont feirw yn ieuainc.

Ai gwir yw hyn.
Fod FANNY iach ei gwedd
Yn awr yn gorwedd
Yn ei dystaw fedd!
Nas cyffry dim
Hi yn ei gwely pridd,
Nes cân yr udgorn
Yn yr olaf ddydd.

Fy MARGARET fwyn,
Tra yma ar y llawr,
A garai sôn
Am Iesu'r Ceidwad mawr:
"Y Câr a'r Cyfaill
Gorau", galwai ef;
A hyfryd oedd
Myn'd ato i nef y nef.

Mae'r annwyl ddwy
Yn awr yn cydfwynhau
Yr Hwn, trwy farw,
Ddarfu eu bywhau;
A melus yw
Eu cân yn mhlith y llu
A brynodd ef
A'i waed ar Galfari.

Atodiad

Soniasant lawer
Am y gynau gwyn,
A'r delyn aur
A gaent ar Sïon fryn;
Ceisiasant hwy,
Yn adeg fèr eu hoes,
Y deyrnas rad
A gaed drwy angau'r groes.

Fy mlodau tlws!
Paham yr wyf mor ffol,
A wylo'n drist
O hiraeth ar eich ol,
A chwithau'n awr
Yn seintiau yn y nef,
Yn canu'n fwyn
Yr anthem, "Iddo ef!"

MARY JONES, *Bala.*
(*Y Cronicl* v (Medi 1847), t. 286)

Telyn Egryn

PENNILLION

Ar farwolaeth ELIZA JONES, *merch* LEWIS *a* MARY JONES, Dolgellau, *yr hon a fu farw Tachwedd 12fed, 1847, yn 4 mlwydd oed.*

Mae angeu, gelyn creulon,
Yn tramwy trwy ein gwlad,
A chlwyfo mae yn fynych
Deimladau mam a thad,
Wrth fyn'd a'u hoff anwyliaid
I oer briddellau'r glyn;
Ond nid oes dim i'w ddywedyd,-
"Ti, Arglwydd, wnaethost hyn."

Yn mhlith yr holl ieuenctyd
A ga'dd eu tori 'lawr,
Mae genyf un i'w chofio
Mewn prudd-der yma 'nawr:
ELIZA JONES oedd anwyl
Yn mysg ei cheraint gwiw;
Ond cafodd ergyd marwol,
Ac aeth o dir y byw.

Ei hoff rïeni hawddgar
Sydd heddyw'n brudd eu bron,
Wrth gofio fel y byddai
Yn rhodio'u blaen yn llon:
Ei hanwyl fam sy'n wylo,
Ac yn och'neidio'n ddwys,
Wrth feddwl fod ei phlentyn
Yn gorphwys dan y gŵys.

Atodiad

O, anwyl fwyn ELIZA,
Paham yr ym mor ffol?
Wyt wedi teithio llwybr
Na ddeui byth yn ol;
Gan hyny, ymfoddlonwn
I ddoeth drefniadau'r nef,
Cawn gydgyfarfod etto
Yr ochr draw i'r bedd.

Fy ffyddlawn fwyn rïeni,
Nac wylwch ar fy ol;
'Rwyf heddyw gyda'r Iesu,
Yn gorphwys yn ei gôl:
Ni ddichon saethau angeu
Wneud niwaid imi mwy,
Fy ngwaith am dragwyddoldeb
Fydd canu am farwol glwy'.

Gan hyny, ymdawelwch,
A chofiwch hyn bob awr -
Mai teithwyr ydych chwithau
I dragwyddoldeb mawr:
'Mofynwch am y Cyfaill
A'ch cynnal yn y glyn,
Fel caffom byth gydfoli
Mewn bedd ar Sïon fryn.

ELIZABETH DAVIES, *Dolgellau.*
(*Y Cronicl* vi (Chwefror 1848), t. 62)

Telyn Egryn

GALARGAN

*Ar farwolaeth Mrs Margaret Evans, priod
M. Richard Evans, Dinas Mawddwy.*

Beth yw'r cwyno a'r galaru
Wyf yn glywed yma a thraw?
Tywallt dagrau, trist och'neidio,
Sy'n arwyddo poen a braw:
Angeu sydd hen elyn creulon,
Myn'd a hoff gyfeillion cu;
Am eu cludo hwy i'r beddrod,
Rhed ein dagrau fel y lli'.

Heibio daeth i ardal Dinas
Fel concwerwr mawr ei rym;
Dygodd un o anwyliaid Iesu,
Teimlo ga'dd ei gleddyf llym:
Ond mae heddyw uwch ei gyrhaedd,
Nis gall roddi iddi glwy';
O, mor beraidd y mae'n canu
Y felus gân na dderfydd mwy.

Diwyd, ffyddlon, ydoedd Marg'ret
Tra ca'dd aros yma i fyw–
Diwyd yn ei chylch teuluaidd,
Cyson gyda gwaith ei Duw:
Yn awr mae wedi 'hedeg ymaith,
Gado gwlad y cystudd mawr,
I gael gwledda gyda'r dyrfa
Sy'n dysgleirio fel y wawr.

Dywedodd fod yr Iesu'n Gyfaill
Wrth wynebu'r afon ddu;
Am hyn nid oedd yn ofni boddi,
Nac arswydo grym ei lli';

Atodiad

Gwyddai i bwy' roedd wedi' mddiried
Tra bu'n teithio îs y nen;
Ac yn gwbl ar ei 'ddewid,
Rhodd yn dawel bwys ei phen.

Ei phrïod hoff, a phlant ei mynwes,
Peidiwch wylo ar ei hol;
Meddyliwch am ei dwys gynghorion,
Cofiwch na ddaw yma'n ol:
Dihangodd adre' o fyd y' stormydd
I'r wlad lle nad oes poen na chur,
Lle caiff ganmol mewn caniadau
Y Gwr fu dan yr hoelion dur.

Yn Ebenezer rho' w'd hi orwedd,
Hyd fore'r adgyfodiad ddydd,
Pan y deffry'r holl farwolion
I dd'od o'u rhwymau caeth yn rhydd:
Cyfyd hithau'n anllygredig
Ar wedd ei Phrïod, Iesu mawr,
I fwynhau'r gymdeithas hyfryd
Yn y gwynfyd uwch y llawr.

Mae rhyw hiraeth yn fy enaid
Am gyfeillion, luoedd maith,
Sydd wedi gado'r eglwys isod–
Wedi gorphen eu holl waith:
Yr Hwn a'u daliodd hwy mewn adfyd
Fyddo'n gymhorth im' o hyd,
Nes im' dd'od i ben fy ngyrfa,
A thirio mewn anfarwol fyd.

Telyn Egryn

Ffarwel i ti, Marg'ret Evans,
A fy holl gyfeillion cu;
Nid oes genyf ond dystewi,
Gan eich gadael gyda'r llu:
Minnau, yma'n ngwlad y cystudd,
Bron rhoi 'fyny lawer pryd,
Llefain wnaf am gymhorth Iesu,
Tra yn teithio'r anial fyd.

ELIZABETH DAVIES, *Dolgellau.*
(*Y Cronicl* vi (Medi 1848), t. 286)

Atodiad

TEIMLAD CHWAER

Wrth feddwl am frawd ymadawedig

Angeu, angeu, didrugaredd,
Tramwy'r wyt hyd lwybrau maith;
Mae dy enw yn cyfateb
I'th weithredoedd, ym mhob iaith;
Gelyn bywyd, creulon frenin
I'th arswydo yn dy waith;
Ni all cri na chwyn amddifad
Ddim dy rwystro ar dy daith.

Clywais lawer son am danat,
Ofnais ganwaith wel'd dy wedd,
Gwyddwn fod rhyw farwol ddyrnod,
Os cael teimlo min dy gledd:
Ol dy law yr wyf yn ganfod,
Yn y rhwyg sydd yn ein plith;
Cain flodeuyn doraist ymaith,
Faethwyd gan y nefol wlith.

Pan rhwng ofn a gobaith egwan,
Ymgysurwn yn y byd;
Cefais brofi mai siomedig
Oedd fy hyder ar y pryd:
Dygaist ymaith, do'r ieuangaf,
Beth yw'r cyfrif ro'ir am hyn?
Anhawdd yw esbonio'th lwybrau
Gan y niwl sydd yn y glyn.

Telyn Egryn

Anwylaf frawd! ti a'i cymeraist,
O mor athrist oedd y tro!
Anwyl ydoedd gan fy enaid,
Serchog ydoedd yn y fro:
Fy hyfforddwr mewn cerddoriaeth,
Fy amddiffyn ar fy nhaith:
Mor alarus oedd ei golli
Yma yn yr anial maith!

Fy anwyl DAFYDD! do, meddyliais
Gael dy gwmni ar y llawr,
I fy arwain a'm hyfforddi
'Mhethau teyrnas Iesu mawr,
I fy nysgu gyda'r canu,
Ac agor imi Fibl Duw;
I fyn'd law yn llaw trwy'r anial,
Nes cael tirio'n Salem wiw.

Ofer imi mwy dy geisio
Bellach yma ar y llawr,
Gan mai wedi dianc'r ydwyt,
Gadael teulu'r cystudd mawr;
Nid wyt mwy yn mhlith dy ddosbarth,
Dedwydd yno *oedd* dy le;
Dy le sydd wag yn mysg cantorion,
Pêr yw'th gân yn nheyrnas ne'.

Atodiad

Mae rhyw hiraeth yn fy enaid
Am y wlad wyt ynddi'n byw;
Mae agosach undeb rhyngwyf
A thrigolion Sïon wiw,–
Gan mai yno 'rwyt yn trigo,
Gyda'r dyrfa hardd ei gwedd,
Yn mwynhau melusder perffaith
O ddanteithion iachus wledd.

Nid oes genyf ond *ffarwelio*,
Gan dy adael gyda'r llu;
Teithiaf 'mlaen trwy fyd y gofid,
Mae'r addewid fawr o'm tu;
'Rhwn ddywedodd, Byw yr ydwyf,
Dd'wedodd hefyd, Chwi gewch fyw;
Yn ei nerth yr ymddiriedaf,
Gan y gwn mai Iesu yw.

ELIZABETH JONES, *Manchester.*
(*Y Cronicl* vi (Mawrth 1848), t. 94)

Telyn Egryn

BUDDIOLDEB TAN

Pob rhan o'r greadigaeth
Sy'n dangos mawr gywreinwaith;
A holl elfenau daear lawr
Ddangosant fawr wybodaeth.

Mae holl elfenau natur
Fel cadwyn fawr yn eglur,
Gwnant gydweithredu yma oll,
Heb un ar goll neu segur.

Mae tân yn dda i dwymno,
A berwi bwydydd arno;
Heb danwydd nid yw fawr o werth,
Ychydig nerth sydd ynddo.

Mae tân yn angenrheidiol,
Ac hefyd yn beth buddiol,
I roddi gwres a goleu clir
I bawb trwy'u tir yn siriol,

Ni thyfai'r grawn melusion,
Nac un o'r coedydd mawrion,
Na dim o ffrwythau'r dwyrain boeth,
Ond daear noeth anffrwythlon.

Tân ydyw'r elfen wiwlon
Sydd yn bywhau planhigion,
Sef gwres yr haul 'nol oeraidd hin,
A thywydd blin anhirion.

Atodiad

A thân gwneir mawr weithredoedd,
Sef toddi pob meteloedd;
A gyru llongau ar eu hynt
Yn erbyn gwynt dros foroedd.

Gwna hefyd droi melinau,
A llawer o beirianau,
A gyr gerbydau'n gyflym iawn,
A'r rhain yn llawn trysorau.

Ond ni wna'r tân ei hunan
Ddim ateb oll o'r amcan;
Dw'r, glo, ac awyr gydag e'
Wna'r gwaith o dde' yn fuan.

Gwna pylor hollti creigiau,
A darnio y mwn-gloddiau;
Ond iddo gael cynorthwy tân,
Fe yra o'i flaen belenau.

Mae tân ar benau creigydd
Yn dda gan anghyfarwydd,
Pan ar ei daith nosweithiau o'r
Ar donau'r môr aflonydd.

MARI TREDEGAR
(*Y Gymraes* i (Ebrill, 1850), t. 122).

Telyn Egryn

SIAN Y SNUFF

A glywsoch chwi hanes Sian y *snuff,*
Sydd wrthi yn wastad â'i hyff, yff, yff?
Os naddo, chwi ellwch eistedd i lawr,
Yr wyf yn myned i'w adrodd yn awr.
Mae Sian yn ddynes o ganol oed,
Yn syth ei cherddediad, a heinyf ei throed,
Ond byth nid oes llewyrch ar Sian y *snuff,*
Ei thegwch abertha i'r hên hyff, yff, yff.

Ni waeth heb ddywedyd pa beth ydyw hi,
A'i priod a'i gweddw, ni pherthyn i chwi;
Digon yw traethu mai hawdd gallai Sian
Wneud benyw gariadus, a hawddgar a glân
Pe gallai ymgadw heb lanw ei thrwyn
A thislwch aflendid, ni byddai raid cwyn;
Ond melldith y cyfan yw yr hyff, yff, yff,
Sy'n perthyn yn wastad i Sian y *snuff.*

Mae Sian yn annrhefnus mewn dillad a gwedd,–
Hi red rhag glanweithdra, fel pe bai yn gledd;
Ei gwallt sydd yn fynych yn berthen ddi-drefn,
Yn hongian yn duswau, i lawr dros ei chefn;
Mae twll dan ei chesail dderbyniai droed mûl;
A Sian yn ei wella, fe dd'wedir dydd Sul;
Ond dettyd y cyfan fel yr hyff, yff, yff;
A glywir yn ddyddiol gan Sian y *snuff.*

Atodiad

Mae lwmp yn ei mynwes fel meipen go fawr,
Y tisflwch sydd yno yn globyn a'i glawr,
A llenyrch cnydfawr o amgylch ei thrwyn,
Mor felyn a deilach criniedig ar lwyn;
Mae stremp ar ei dwyfron, a'i lliw yn bur rudd;
Fel pe bai yn lliwiedig â gwernen a'i sudd, -
A dengys y cyfan fel mae'r hyff, yff, yff
Yn gadael ei nodau ar Sian y *snuff.*

Mae Sian yn ymddyddan mor floesgaidd a thew,
A phe bai ei thafod yn olwyth o flew;
Mae swn mor anhyfryd yn dyfod o'i thrwyn,
A chwrnad rygyngaidd hên lyffant mewn brwyn;
Y llwch sydd yn llanw pob cyntedd i'w chlust,
A phrin y gall glywed, heb ergyd â ffust
Mae helynt echryslon o waith hyff, yff, yff,
A llawer o benbleth ar Sian y *snuff.*

Bu Sian ar un adeg am newid ei grân,
Hi daflodd y drewflwch i ganol y tân;
Ond buan dechreuodd ail snwffian y llwch,
Fel at ei haflendid, y dychwel yr hwch;
Gwnaeth lw wedi hyny i'w adael am byth,
Ond ato dychwelodd, fel gwydd at ei nyth;
Y llwon a dorwyd, oll gan yr hyff, yff
Trosedd-wraig ddiobaith yw Sian efo'i *snuff.*

Telyn Egryn

Un diwrnod fe'i gwelwyd yn erchyll ei naws,
Y drew-flwch a syrthiodd i ganol y caws;
A hoffi'r caws hwnw, os mynwch cewch chwi,
Mae i chwi gan croesaw, bob un o'm rhan I.
Fe gaed yr ymenyn ryw ddiwrnod yn llawn,
O lwch oedd can ddûed o'r bron, ag ûs mawn;
Bu Sian dan gystwyad yn achos ei hyff;
Ond dadleu fel barnwr wnaeth Sian dros y *snuff.*

Ei llogell-gadachau, o forau hyd nôs,
Sydd debyg eu cyflwr i gerpyn mewn ffôs,
Yn dal pob ffieidd-dra, gan Sian yn ei llaw,
O'r ffrydiau aroglus, o'i ffroenau a ddaw;
Gan gruglwyth o drewlwch y llanwyd ei thrwyn,
Nes ydyw yn chwyrnu fel bele mewn llwyn;
Cynt gedy y ffwlbert ei ddrygsawr a'i yff,
Nag y ceir ysgariad rhwng Sian a'r hen *snuff.*

Mae Sian yn ddiobaith, bydd farw ryw ddydd
A'i hysbryd yn enbyd am dislwch a fydd
Bob nos yn ei hanedd, bydd tymestl o lwch;
A dawnsio fel ellyll y gwelir ei blwch
Ar silffoedd y rhestel, nes gyru pob plâd,
Fel arwr gornwyfus yn rhuthro i'r gâd
Ni chlywodd y ddaear erioed y fath yff,
A'r terfysg a ddygwydd ar ol Sian y *snuff.*

MARI DAFYDD, *Cors Fochno.*
(*Y Gymraes* i (Medi 1850), t. 282)

Atodiad

MYFYRDOD Y DRALLODEDIG

Ar lan y môr yn Waterlo
Y bum ar dro'n myfyrio,
Ar gyfnewidiol droion byd
A'r pethau i gyd sydd ynddo.

Ei asur wedd oedd dawel iawn
Ai dymher gawn mor fwyned,
Heb ddychryn 'r ai y cychod bach
Yn iach ar hyd ei wyneb,

Ond gyda hyn daeth awel lem
Ai drem a droes yn sydyn,
Yn rhuad aeth ei beraidd si
Ai las-wawr li' yn grychwyn.

Terfysgu wnae ei donau crych,
A mi yn edrych arnynt,
Rhai o'r golwg aent i lawr
A rhai yn fawr gyfodynt.

Fel hyn fy mywyd I fu gan
Siomedig amgylchiadau
Rhai'n aml iawn a ddoent o fan
Disgwyliwn am fwynderau.

O afael rhai pan dianc wnawn,
Rhai eraill gawn heb ochel
Fel y cymylau oddi draw
Ar ol y gwlaw yn dychwel.

Telyn Egryn

Er hyn ces ddod o don i don
Heb yn yr eigion suddo,
Gras a'm cynhaliodd yn fy nglwy',
Y moliant mwy fo iddo.

Rwy'n gwel'd yn awr mai ofer yw
Rhoi pwys a'r wiw gyfeillion,
Rhyw ffaeledd ynddynt sydd bob un,
A dyn yw dyn ar droion.

Peth mawr yw colli cyfaill cu,
Peth mwy nâ hyny hefyd
Yw colli gwedd gwynebpryd Duw,
A Phrynwr gwiw fy mywyd.

Da gwyr fy enaid golli hwn
Er gofid trwm i'm calon;
Ond cefais fod addewid Crist
'm henaid trist yn ddigon.

Ond wedi hyn daeth awel groes
Er gwneyd fy loes yn ddyfnach,
'Nol meddwl nad oedd gofid mwy
Na phoen na chlwy' ymhellach.

Oddiwrthyf ciliau brawd yn bell,
Nid gwell oedd hen gyfeillion;
Fy nghadael wnaethant yn fy ing
A'm cyfyng gyfyng droion.

Atodiad

Meddyliais 'nawr mai suddo wnawn
Dan bwysau llawn fy nghofid,
Ac nad oedd un man dan y nef
I'm dderbyn hedd a gwynfyd.

Ond cofiodd f'enaid am y fan
I'r truan gael trugaredd,
Lle mae pan drydd pawb arno ei gefn
Rinweddol drefn i'w goledd.

Dan grynu tro'is fy ngwyneb trist
At Grist yn anhaeddianol,
A'm calon friw a gadd iachâd
Trwy rin ei wa'd cynhesol.

Prif gyfaill wnaf o hono o hyd,
Ewch chwi dda byd lle'r eloch;
Fe ro'es ei fywyd ar fy rhan
Greadur gwan – O Diolch!

Ac ynddo rhof fy hyder mwy
Dan bob rhyw glwy' a gwradwydd,
Byth wrth ei draed eisteddaf lawr
A meddwl mawr am f' Arglwydd.

SARAH ROWLANDS, *Bootle, Liverpool.*
(*Y Gymraes* ii (Mawrth 1851), tt. 95-6)

Telyn Egryn

FY ANWYL FAM
(Efelychiad o'r Saisoneg)

'Rwy'n cofio man mewn mebyd,
A chofiaf hyd y bedd,
Lle'n fynych clywŵn hyfryd lais
Yn traethu swynion hedd;
Y tirion air a'r gofliad hoff
A roddid yn ddinam,
Pan oeddwn yn y dedwydd fan
Ar lin fy anwyl fam.
      Fy anwyl fam, fy anwyl fam,
      Fy anwyl dirion fam.

'Nol darfod pob ystori,
Nos da ddywedai'n gu,
A chawn cyn myn'd i'm gwely bach
Ei chusan melus hi;
Wrth gofio ei hangelaidd drem,
Fy nghalon rodda lam,
Pan dysgid imi'r weddi fèr
Ar lawr wrth lin fy mam.
      Fy anwyl fam, &c.

Atodiad

Pan yn afiechyd maboed
O fewn plethedig gryd,
Neu mewn peryglon henach oed
A blin ofalon byd;
Pan fyddai rhwystrau ar fy ffordd
Neu pan yn goddef cam,
Y weddi daer at orsedd nef
A blygai lin fy mam.
    Fy anwyl fam, &c.

A allaf ei hanghofio
Tra byddaf iddi'n ferch;
A pheidio talu iddi barch
O bur gyflawnder serch?–
Pan fyddot, mam, yn egwan iawn
Diffynaf di rhag cam,
Ac, O! diffyned pob *Cymraes*
Lin ei hoedranus fam!
    Fy anwyl fam, &c.

MORFYDD GLAN TEIFI, *Emlyn.*
(*Y Gymraes* ii (Mawrth 1851), t. 96)

Telyn Egryn

GALAR GWRAIG Y MEDDWYN

*Y Gerdd fuddugol yn Eisteddfod Ddirwestol
Merthyr Tydfil, 1850.*

O d'wedwch, p'le mae dagrau fel
Hallt ddagrau gwraig y meddwyn?
Mae'r ddiod gaiff ei gwr yn fêl
Oll iddi hi yn wenwyn:
O d'weded rhywun wrtho air
Fy mod ar hyd yr hirnos
A'm hanwyl faban yn fy nghol
Ar aelwyd oer i'w aros.

Rwy'n denau'm gwisg, a'r nos sydd oer,
A'm tŷ sy'n wag o damaid;
Can's aeth ein dillad, aeth ein bwyd,
A'n dodrefn oll am lymaid;
Pan roes y fodrwy ar fy mys
Wrth dyngu dal yn ffyddlon;
O! pwy debyg'sai mai efe
Ei hun dorasai'm calon!

Ac er na chefais ganddo ond
Rhyw damaid cynil, caled;
Ac, er dan daro na fu im'
Yn nemawr iawn o nodded;
Ac er y gŵyr pa fyd sydd ar
Ei faban bach a'i briod;
Ac, er pe newyn fynai'r ddau,
Y mynai ef ei ddiod.

Atodiad

Ac, er mai gwraig y dafarn gaiff
Ei arian glân a'i wenau;
Ac er fod misoedd er pan wyf
Heb fod o dan ei gleisiau;
Er hyn i gyd, O teimlwch dros
Y meddwyn dwl ei hunan!
Mae'n lladd ei gorff wrth enill, ac
Yn fwy wrth wario'i arian.

Mi wn ei fod yn gâs ei air,
Ond O! dyoddefwch iddo;
Ac, er ei fod yn haeddu dig,
O! peidied neb a'i daro;
Caraswn roi fy llaw i ddal
Ei ben pan fyddo'n trengu;
Ond cwympa'r unig ffrynd a fedd
I waelod bedd cyn hyny!

Dos, fodrwy, dos oddiar fy mys,
Gwna'th adgof fy llesmeirio;
Ond, ar ol glynu wrthyf cyd,
O paid! ni chei fy ngado!
Nawr henffych arch ac amdo glân,
A henffych olaf elor;
Caf wely diddig genych chwi,
A'm plentyn wrth fy ochor.

SARAH, *sef Miss S. Jones, Llangollen.*
(*Y Gymraes* ii (Awst 1851), tt. 252-3)

Telyn Egryn

Y FERCH FACH A'I MAM

*(Yr ymddyddan canlynol a gymerodd le
rhwng merch fechan bum mlwydd oed a'i mam)*

Mae hiraeth dan fy mron, fy mam,
Am orwedd ar y borfa werdd,
Heb ond yr wybren lâs uwchben
A'r adar mân a'u cerdd,

A dysglaer lewyrchiadau'r haul
Yn t'wynu gylch i mi;
Dan gau fy llygaid – meddwl Duw
Mai marw ydwyf fi.

Ac yna Crist a ddenfyn lawr
Ei angel glân ei wedd;
Fe'm cluda i fyny'n fwyn a llon,
I hyfryd wlad yr hedd.

Yn dawel gesyd fi i lawr,
Wrth Grist ar orsedd wèn;
A phan b'wyf yno, agor wnaf
Fy llygaid led y pen.

Edrychaf, syllaf ar y llu
A safant ger y sedd,
Nes caffwyf allan Mari'm chwaer,
Sydd yn mwynhau y wledd.

A phan y caf hi allan, mam,
Ni rhodiwn yno'n nghyd,
A d'wedaf wrthi'r galar fu
Pan aeth o'r dyrys fyd.

Atodiad

O'r fath hyfrydwch cu a gaf
I siarad â'r un fwyn,
Ond am na chaiff dd'od yma, byth
Nid gwiw i'm ddweyd fy nghwyn.

Fy mreichiau dodaf am ei gwddf,
A syllaf arni'n gu,
A chofiaf 'rhyn ofynaf oll,
A'i hatebiadau'n llu.

A gofyn wnaf i'r angel glân,
I'm dwyn yn ol i'r byd;
Ac yna dwg fi'n dawel lawr,
Drwy'r wybren faith i gyd.

A meddwl wnewch, fy anwyl fam,
Mae'n chwareu byddaf fi,
Ac wedi cysgu dan ryw bren
Cyn dyfod atoch chwi.

SUSANNA, *Llanelli, Caerfyrddin.*
(*Y Gymraes* ii (Hydref 1851), tt. 315-16)